Michèle Labidoire

Élisabeth a disparu

Roman

ISBN : 979-10-388-0071-7
Collection : Blanche
ISSN : 2416-4259
Dépôt légal : février 2021

Éditions Ex Æquo
6 Rue des Sybilles
88370 Plombières les Bains

www.editions-exaequo.com

à Victor

à Nino

I

1

Elle s'appelle Élisabeth… Et c'est ma sœur.

Mais je devrais plutôt dire : elle s'appelait Élisabeth. Car que sais-je d'elle aujourd'hui ? Est-elle morte ou vivante ? Je n'en sais rien. Je sais seulement qu'un jour, elle a disparu.

Et même cela, je ne peux pas le dire : le jour où Élisabeth a disparu. Quand Élisabeth a-t-elle cessé de donner de ses nouvelles, quand est-elle sortie de nos vies ? Des années plus tard, nous ne savons pas le dire. Ce moment nous a échappé. Est-ce que ce détail a ajouté à notre tragédie ? Je ne sais pas. Mais je sais qu'on ne peut pas dire : le jour où Élisabeth a disparu. Jamais. Même pas le mois. Était-ce février ? Mars ? À ce moment-là, nous trichions encore avec notre inquiétude, nous cherchions à son silence des motifs légitimes. Élisabeth travaillait beaucoup et la période des examens approchait. On connaissait son esprit d'indépendance, son peu de goût pour le téléphone. Ce silence pouvait passer au début pour de la légèreté, de la négligence, de l'égoïsme même.

Mais les jours s'étaient ajoutés aux jours, sans qu'on s'en rende vraiment compte. Le printemps était arrivé. On s'étonnait : Élisabeth n'a pas écrit depuis longtemps. Quand je rentrais de Poitiers le samedi matin, après les cours à la fac, ma mère me demandait l'air de rien : « Tu n'as pas reçu de lettre de ta sœur ? » L'un d'entre nous suggérait, sans conviction : « Et si le courrier s'était perdu ? » Depuis quinze jours, nous avions un facteur remplaçant. Il s'était peut-être trompé de boîte aux lettres.

L'angoisse nous est tombée dessus d'un coup. Après ces semaines d'inquiétude diffuse, d'attente vague, elle nous a balayés comme des brindilles sous l'orage, elle a envahi nos pensées, la nuit surtout. Nous ne pouvions continuer à nous mentir : il se passait quelque chose d'anormal. Même la maison semblait vide d'Élisabeth, et nos trois corps étaient impuissants à la remplir.

Ma mère surtout semblait paralysée par ce vide, l'absence d'Élisabeth. Elle, d'habitude si vive, si énergique, agitée même parfois, restait prostrée, le geste ralenti, le pas lourd. Mon père avait gardé son calme habituel, mais sa tranquillité ne trompait personne. Il n'entendait pas quand je lui parlais, et si j'insistais, il ramenait vers moi un regard lointain, presque étonné, comme s'il prenait conscience soudain de ma présence. Puis il disparaissait pour des heures dans son atelier.

Quant à moi, je tournais en rond, remplissant la maison de mon agitation. En avril, j'étais rentrée à la maison pour le week-end, et j'avais décidé de sécher quelques jours les cours à la fac, mais chez les parents, mon besoin d'action ne se trouvait que des causes minuscules et stériles : aller dix fois par jour à la boîte aux lettres pour vérifier l'arrivée du courrier, changer les posters de ma chambre, commencer le rangement de la bibliothèque… « Laisse, murmurait ma mère, on ne va plus s'y retrouver. » Je faisais claquer mes talons sur le carrelage de l'entrée pour manifester ma désapprobation et sortais arpenter les allées du jardin.

Il fallait que je fasse quelque chose. Je suis repartie à Poitiers.

2

Aujourd'hui encore, quand je pense à la disparition d'Élisabeth, il me manque les mots. Je dis : disparition, mais ce mot ne m'appartient pas. C'est celui, officiel, que la police a utilisé dès le début. Un commissaire consciencieux a accepté avec réticence d'inscrire Élisabeth sur le fichier des personnes disparues : « Votre fille est majeure, avait-il dit à mon père. Vous n'avez plus aucune autorité parentale sur elle, et elle peut décider de faire ce qu'elle veut, y compris de ne plus jamais revenir. » Mon père avait vacillé. Imaginer que sa fille aînée ait pu disparaître volontairement semblait au-dessus de ses forces.

Que disions-nous donc entre nous à l'époque ? Parlions-nous d'absence, de fugue, de départ ? Pensions-nous sans le formuler qu'Élisabeth était morte ? Je crois que nous avions peur des mots et que nous avons évité de nommer notre malheur. Et plus tard, quand nous avons perdu tout espoir d'un retour d'Élisabeth, nous disions prudemment, pour contourner la douleur : l'année où Élisabeth a disparu. Sans plus de détails. Il y avait à cette disparition, un avant et un après. C'est tout ce qu'on pouvait en dire.

Avions-nous été heureux avant ? Sûrement. D'un bonheur sans question. Nous ne savions pas que nous étions heureux. Ce que nous avons compris à ce moment-là, c'est que le bonheur n'était plus là. Ou que ce ne serait plus le même bonheur.

Plus tard, bien plus tard, j'ai compris que ce qui l'avait tué, ce n'était pas seulement le départ d'Élisabeth, c'était de n'avoir pas mis les mots sur notre vie, c'étaient les mensonges et les secrets. Tout ce que j'ai découvert par la suite et qui a éclairé d'un autre jour toute notre histoire.

Quand je feuillette maintenant l'album de famille, où je continue vaillamment à déposer année après année nos photos de famille, comme si la tradition pouvait nous sauver du désastre de l'oubli, je ne peux m'empêcher de penser que rien ne ment mieux qu'une photo.

3

À Poitiers, j'ai rejoint mes amies Annie et Martine. Nous partagions un petit appartement au-dessus d'un boulevard bruyant et toujours encombré. Mais nous étions chez nous, et la petite cuisine nous permettait d'éviter souvent la nourriture abominable du Resto U.

— Mais où étais-tu passée ? On était inquiète.

— Et Élisabeth, tu as des nouvelles ?

Je ne suis pas entrée dans les détails. Et d'ailleurs, que leur dire ? Nous ne savions rien.

— En revanche, m'ont-elles dit, les choses ici sont en train de bouger. Les gauchistes ont manifesté à Nanterre, ils occupent l'Université. Il paraît que les flics ont chargé et que l'extrême droite veut en découdre. Tu te rends compte… Ce Cohn-Bendit, quand même, quel culot ! Allez, viens, on va à la fac.

Non, je ne me rendais pas compte. Pour la première fois, j'entendais parler de Nanterre, de Cohn-Bendit. Et qu'est-ce que c'étaient que ces gauchistes qui occupaient leur Université ? Je ne comprenais plus rien. Mais Annie et Martine étaient si excitées que je me suis laissée entraîner.

Nous sommes parties à la fac. Il y avait foule devant l'Hôtel Fumé, personne ne semblait pressé d'aller en cours. Les étudiants se tenaient là par petits groupes : ça discutait, ça argumentait, ça vociférait même, poings levés, visages rouges d'excitation. Les bouches s'animaient, les yeux étincelaient. « On va pas se laisser faire ! Faut empêcher les flics de rentrer dans les Universités ». Beaucoup de mes camarades s'en prenaient aux profs, de vraies peaux de vache pour certains d'entre eux, c'est vrai.

Il y avait là Jean-Pierre, Christian, Fabienne, Éric, Marie-Claude, et d'autres, tous mes amis. Comme moi, ils aimaient le rock et la musique yé-yé, traîner dans les cafés, aller en boîte, nos conversations étaient légères, superficielles, et voilà qu'ils manipulaient comme s'ils en avaient l'habitude des mots inconnus : maoïstes, situationnistes, Occident, des slogans vengeurs, CRS=SS ! CRS=SS ! mots féroces qui devaient sommeiller en eux depuis longtemps, qui jaillissaient de leur bouche comme la lave d'un volcan. Je ne les reconnaissais pas.

J'ai ressenti comme un choc électrique. J'ai compris que quelque chose s'était passé en mon absence en cette fin d'avril 1968, que l'histoire avait avancé sans moi, perdue dans mes inquiétudes familiales. Je me sentais étrangère à toute cette gesticulation. Peu à peu, a germé en moi l'idée que je devais partir, aller à Paris chercher Élisabeth. Comme une évidence. C'est là-bas qu'elle avait disparu, c'est là-bas qu'il fallait commencer l'enquête, remonter à la source.

J'avais un peu d'argent de côté, pour quelques jours, cela suffirait. Le plus difficile serait de convaincre les parents. Mais au fond, je me fichais de leur avis. Leur inertie, brusquement, m'est apparue étrange. Comment pouvaient-ils rester sans rien faire ? Moi, il fallait que je fasse quelque chose, pleine d'énergie soudain, d'enthousiasme même à l'idée de bouger, d'agir, de casser cette insupportable attente. Mon père a hurlé au bout du fil : « Je t'interdis… »

Je crois qu'il avait peur. Peur qu'à mon tour je disparaisse. « Non, Papa, tu ne peux rien m'interdire. C'est décidé, je pars. » Je suis partie.

L'arrivée à Paris reste encore maintenant un souvenir violent. Après la fatigue du voyage en train, je me suis retrouvée devant la gare d'Austerlitz, comme ivre, étourdie par le bruit, la foule, l'agitation des passants qui se croisaient sur le parvis sans me voir, me frôlaient, me bousculaient même parfois. Je suis restée là un moment, debout, mon sac de voyage à bout de bras, ne sachant que faire. Comment m'orienter, comment aller rue Dauphine où Élisabeth avait sa chambre ? J'étais perdue. J'ai pris conscience de l'énormité de la ville autour de moi, de sa puissance. Elle grondait d'un bruit sourd et profond, permanent. Cela m'a fait peur. Au fond, je n'étais qu'une petite provinciale qui avait présumé de ses forces.

J'ai respiré un grand coup et je suis revenue dans la gare. J'ai cherché du regard un plan du métro, trouvé la rue Dauphine, la ligne qui allait m'y emmener. C'était facile : quand on appuyait sur un bouton, de petites lumières s'allumaient, comme des guirlandes de Noël. Un jeu d'enfant ! Je me souviens que ça m'a fait sourire.

Je me suis engouffrée dans les couloirs de la station, en route vers l'inconnu. Il commençait par un labyrinthe : lumière froide et chiche, odeurs indéfinissables de poussière, de sueur et d'huile de moteur, grondements de machines lointaines qui faisaient trembler le sol sous mes pieds. Je me suis forcée à marcher sans hâte, comme quelqu'un qui ne ressent aucune inquiétude. J'ai fini par arriver rue Dauphine.

4

« Je n'ai plus de sœur, je n'ai plus de sœur. »

J'étais là, sur le seuil de la chambre d'Élisabeth, j'avais gardé les clefs, dures et froides dans ma main crispée. La pièce était vide, silencieuse. Et les mots qui me venaient, bizarrement, c'étaient : Je n'ai plus de sœur. Pas : Où est Élisabeth ? Que peut-elle faire ? Pourquoi n'est-elle pas là pour m'accueillir ?

C'est comme si quelque chose en moi cédait, après ces longues semaines d'attente sans nouvelles, comme si en venant la chercher à Paris, dans sa chambre d'étudiante, en trouvant cette chambre désertée, quelque chose en moi abandonnait la partie. Cette absence d'Élisabeth était plus qu'une absence, c'était une trahison.

La logeuse qui avait accepté tout à l'heure de me prêter ses clefs m'avait dit qu'elle ne l'avait pas vue depuis plus d'un mois. Debout devant moi, elle me considérait avec un mélange de pitié et de suspicion. Peut-être se demandait-elle si on allait lui payer ce mois de loyer en retard. Non, elle ne s'était pas vraiment inquiétée pour Élisabeth. Les locataires vont et viennent à leur guise. Et les jeunes de nos jours ont de drôles de façons de vivre. Et avec ce qui se passait en ce moment…

Je n'ai pas demandé ce qui se passait en ce moment.

J'ai monté lentement les six étages et j'ai ouvert la porte de la chambre. Elle était bien telle qu'Élisabeth me l'avait décrite dans ses lettres. « Une chambre minuscule, petite sœur. Imagine un étroit passage qui part de la porte pour aller à la fenêtre. À gauche, le lit, très étroit, lui aussi. Heureusement, je ne suis pas grosse. Au bout du lit, le bureau devant lequel on glisse difficilement une chaise. À droite, une penderie-armoire-rangement-meuble à tout faire, et sur la cheminée, car cette toute petite chambre possède, mais oui, une cheminée, j'ai pu poser mon réchaud à gaz et mon vieux Teppaz. Après la cheminée, coincé contre la fenêtre, un lavabo. Pas d'eau chaude bien sûr. Mais certains étudiants ont le lavabo seulement sur le palier. C'est tout. Mais cette chambre minuscule, trois mètres sur deux, se trouve rue Dauphine, tout près de la Sorbonne. Imagine, petite sœur, la Sorbonne ! Et sublime luxe, de la fenêtre, je vois, je vois… en me penchant un peu, en me tordant le cou, je vois… la tour Eiffel ! »

Je me suis assise sur le lit. Curieusement, la chambre ne donnait pas l'impression de vide. Il y régnait un désordre léger, vivant. Une veste posée à l'envers sur une chaise : trop de hâte et voilà la doublure retournée, une manche en tire-bouchon. Une paire de chaussures mal rangée devant la penderie. J'y retrouvais les gestes d'Élisabeth, sa vivacité, ses enthousiasmes, sa façon d'être toujours pressée. Mais le lit était fait et les livres sur l'étagère au-dessus du bureau étaient en ordre. Quelques dossiers traînaient sur le bureau, comme abandonnés en plein travail. Il y avait juste un peu de poussière sur sa surface. J'y ai passé le doigt, pensivement. Oui, juste un peu de poussière. J'avais du mal à imaginer un départ précipité.

Dans l'armoire, peu de vêtements. Mais Élisabeth avait peu d'argent. Pas de quoi s'acheter des tenues somptueuses. J'ai décroché d'un cintre un chemisier inconnu, un tissu souple, presque liquide sous mes doigts, un imprimé un peu chargé, pas criard, mais vif, un peu tape-à-l'œil. La mode de ce printemps peut-être, à Paris ? Ce n'étaient pas les goûts d'Élisabeth. Mais que savais-je désormais de ses goûts ? Au fond, depuis qu'Élisabeth était venue vivre à Paris, loin de nous, qu'est-ce que je savais d'elle, de sa vie ici ? Comment s'habillait-elle ? Qu'aimait-elle ? Qui fréquentait-elle ? Qui étaient ses amis ? Quelles étaient ses habitudes ?

J'ai fait lentement le tour de la chambre. Étant donné l'exiguïté des lieux, c'était vite fait. Pas de valise ni de sac de voyage, mais une brosse à dents restée dans un verre sur le lavabo. Que déduire de tout cela ?

Une seule pensée, dans ma tête : Élisabeth était devenue une inconnue. Comment était-il possible que ma grande sœur, mon guide, mon éclaireuse, mon ouvreuse de marche ait pu disparaître ainsi sans rien me dire, sans me prévenir, me parler, m'envoyer un signe... ? Sans m'emmener ?

Quand nous étions petites, et que nos jeux tournaient à la dispute, je lui lançais de colère ces mots définitifs : « Tu es vilaine, tu n'es plus ma sœur ! » Élisabeth alors devenait toute pâle, les larmes noyaient ses yeux clairs et elle partait sans un mot se réfugier dans sa chambre. Ce jour-là, dans cette chambre vide, j'ai eu envie de lui crier : « Élisabeth, tu n'es plus ma sœur ! ».

J'étouffais soudain. Il faisait chaud. L'air me manquait. Une mouche bourdonnait faiblement contre le carreau. Ouvrir cette fenêtre, retrouver l'air du dehors. J'ai tiré le battant vers moi, l'air frais a pénétré dans la pièce, avec les bruits de la rue, tout en bas. La mouche coincée derrière la vitre continuait sa plainte. D'un geste nerveux, je l'ai chassée au-dehors. Et hissée sur la pointe des pieds, je me suis penchée, tendant le cou, jusqu'à ce que je la voie : au loin, là, tout à gauche, la Tour Eiffel !

5

Il fallait que je sorte, que je retrouve de l'air. J'ai refermé soigneusement la porte (après tout, je n'étais pas chez moi), et j'ai dévalé l'escalier.

Dehors, il faisait doux. J'ai commencé à marcher, un peu au hasard, j'avais besoin de réfléchir. J'étais arrivée là sur un coup de tête, sans plan d'action. Qu'avais-je imaginé ? Trouver Élisabeth tranquillement installée chez elle à sa table de travail ? Je m'en voulais de ma naïveté. Pire, j'étais en colère contre elle. Cette disparition ne lui ressemblait pas, elle si posée, si volontaire, si droite. Au bout de la rue, je suis arrivée à une sorte de petite place, plantée de deux arbres. Un café se nichait là, deux tables dehors, quatre ou cinq chaises. Sans réfléchir, je me suis assise, et j'ai commandé un café. De petites pousses vert vif pointaient aux branches des arbres. Le printemps arrivait sans qu'on l'ait vu venir.

J'ai tourné ma cuillère dans ma tasse. Ça valait mieux que de tourner en rond. J'ai retrouvé peu à peu mon calme. Il fallait d'abord que j'appelle les parents. Je le leur avais promis. Qu'allais-je leur dire ? Comment les rassurer ? Je savais que mon père me demanderait de rentrer, je savais déjà que je n'en ferais rien.

J'ai demandé à la serveuse où se trouvait le bureau de poste le plus proche et j'ai abandonné à regret cette petite place hors du temps, où on pouvait croire le malheur un instant suspendu. Il faudrait que je revienne avec une photo d'Élisabeth. Qui sait, elle avait peut-être ses habitudes ici ? On pourrait peut-être me renseigner.

Au téléphone, mon père n'a pas semblé étonné lorsque je lui ai annoncé qu'Élisabeth était introuvable. Étais-je donc la seule à y croire encore ?

— Je vais rester ici quelques jours. Continuer à chercher.

— Ma pauvre petite, je t'assure, cela ne sert à rien. Laisse la police faire son travail. Tu ne vas pas jouer les détectives.

Ce fatalisme me surprit. Quelque chose m'échappait.

— Désolée de te faire de la peine, Papa, mais j'attends encore quelques jours. Mes examens ne commencent que dans un mois. Je n'ai pratiquement plus de cours à la fac. Je suis aussi bien ici à Paris qu'à Poitiers. Je vais m'installer dans la chambre d'Élisabeth. Si jamais elle repassait chez elle, ce serait dommage de la manquer. Ne vous inquiétez pas, je serai prudente.

Et avant que mon père puisse me répondre, j'ai raccroché, presque surprise de ma décision. Bien sûr, j'allais rester ici, partir à la recherche de ma sœur, tenter de comprendre ce qui avait pu se passer.

J'ai repris la rue Dauphine lentement, et brusquement, l'horizon s'est ouvert, je me suis retrouvée sur les quais. La Seine s'argentait sous le pâle soleil de ce tout début de mai. De l'autre côté du pont, un petit square s'avançait dans le fleuve comme une proue de navire. J'ai compris que j'étais devant l'île de la Cité. J'ai repris ma marche le long du quai vers les tours de Notre Dame. Je me suis sentie soudain à ma juste place. Mon anxiété avait disparu. Je me sentais libre, légère, toute ma peine envolée. J'éprouvais un bref instant de remords en pensant à Élisabeth, mais cette pensée s'enfuit aussitôt. J'avais vingt ans, j'étais seule à Paris, et personne ne me volerait ce moment d'ivresse et de liberté.

Ce sentiment de légèreté, de glisser sans effort dans la ville ne m'a pas quittée de l'après-midi. Place Saint-Michel, des groupes d'étudiants discutaient autour de la fontaine, les terrasses des cafés étaient pleines. J'avançais lentement dans cette foule bavarde et vivante, j'étais là, mais comme invisible, personne ne faisait attention à moi. J'ai suivi le quai, sans but, juste pour marcher. J'ai pris un pont, un autre, traversé la Seine, longé la Conciergerie, aperçu la flèche de la Sainte Chapelle. Je ne suis pas entrée. Je n'étais pas une touriste en visite. Je voulais juste voir, humer, écouter, goûter, sentir. Faire glisser ma paume sur la pierre tiède et rêche d'un parapet, me tordre les pieds sur les pavés disjoints, laisser la rumeur énorme de la ville monter vers moi : je prenais possession d'un nouveau territoire, cela me suffisait.

En passant devant une épicerie, j'ai acheté des fruits, une tranche de jambon, un peu de fromage et du pain, et je suis remontée au sixième étage, sans hâte, dans la chambre d'Élisabeth. J'ai posé mes provisions sur la cheminée, près du camping-gaz. Mon sac était resté sur le lit. J'ai sorti les quelques affaires que j'avais apportées, et je les ai rangées dans l'armoire, à côté des vêtements d'Élisabeth.

Puis mon repas expédié, je me suis glissée dans le lit, épuisée, et je me suis endormie aussitôt.

6

Il y a des souvenirs sans visage. Ils remontent de la mémoire comme des buées, des fantômes sans contours, ils n'ont pas de couleur, pas de nom.

J'en suis sûre pourtant. Au fond de moi, je sais. Je revois nettement les yeux, seulement les yeux, deux yeux clairs, froids et fixes. Ils ne cillent pas. Ils regardent. Comment dire cela ? C'est comme si je n'avais pas les mots, comme si j'avais enfoui ce souvenir dans ma tête, mais il est revenu cette nuit dans un rêve. Il revient souvent. Je suis dans mon berceau, et Élisabeth me regarde. Oui, je le sais maintenant, ce regard, c'est celui d'Élisabeth, qui me fixe avec cet air féroce.

Pourtant on m'a toujours raconté combien ma sœur aînée attendait ce moment, un petit frère ou une petite sœur, combien elle était heureuse à ma naissance. « Tu étais un peu sa poupée, elle voulait toujours te prendre dans ses bras, te dorloter, te faire des câlins. Nous avons souvent dû nous fâcher. »

De ces moments-là, je ne garde aucun souvenir, bien sûr. Mais je me souviens de nos jeux plus tard. Élisabeth en tant qu'aînée, décidait. Aujourd'hui, nous jouerons à la marchande… à la dînette… au ballon… au Jokari. La marchande était notre jeu préféré. Nous jouions des heures, l'été sous la charmille, l'hiver dans la cuisine, près du poêle.

— Tu serais la cliente, commandait Élisabeth. On dirait que tu viens faire les courses pour le dîner.

Ravie, j'obéissais. Je filais dans le cellier récupérer un vieux cabas.

— Toc ! Toc ! Toc ! Est-ce que l'épicerie est ouverte ?

— Non, c'est fermé. Revenez un peu plus tard.

Je faisais trois pas en arrière, et je revenais.

— Toc ! Toc ! Toc ! Est-ce que l'épicerie est ouverte ?

— Oui. Entrez. Qu'est-ce que vous voulez ?

— Je voudrais du pain, du beurre, des nouilles et du chocolat.

— Je n'ai plus de chocolat, mais prenez des pommes, vous ferez une tarte pour le dessert.

Je tendais mon cabas et Élisabeth jetait dedans des denrées imaginaires.

— Ça fera trois francs, disait-elle.

Je payais en lui tapant trois fois dans la main et je repartais fièrement avec le cabas trop grand qui me battait les mollets.

Mais ce que je préférais, c'était la dînette. À tour de rôle, nous cuisinions des feuilles, de l'herbe, des fleurs glanées en douce dans le jardin, près du potager. Et nous ingurgitions sans faiblir des mixtures immondes, amères, verdâtres, ce qui prouve qu'il en faut beaucoup à un enfant pour s'empoisonner.

Ma grande sœur, c'était ma complice, une autre moi-même. C'est ce que je pensais jusque-là. Dans l'album de famille, on nous voit toutes deux, épaule contre épaule, joue contre joue, main dans la main. Nous allions par paire, d'un même pas. Alors pourquoi un souvenir fantôme, un souvenir sans visage, comme un mirage tremblant dans le lointain de la mémoire, vient-il troubler cette belle image ?

Les yeux d'Élisabeth fixent un bébé qui vient de naître et je sais bien, au fond de moi, que ce bébé n'est pas le bienvenu.

7

C'est seulement le lendemain matin que je l'ai découvert. Caché dans l'armoire, sous une pile de linge. Que diable faisait là ce vieil album photo à la couverture de carton beige ? Pourquoi Élisabeth l'avait-elle emporté ?

Quand nous étions petites, nous aimions le feuilleter par jeu. L'album commençait par des photos d'avant notre naissance, Élisabeth et moi. Quel plaisir de découvrir nos parents jeunes ! Regarde, Maman en short, en maillot de bain, Maman toute jeune en train de faire de la gymnastique, Maman en robe à corolle, très élégante. Mon père au milieu des camarades de son École Professionnelle, comme les autres élèves en costume cravate sombre, grosses lunettes d'écaille, l'air sérieux. Ou en tenue de tennis, maniant avec une dextérité étudiée une lourde raquette de bois. Comment cela était-il possible ? C'était vraiment eux ? Si jeunes ! On n'en revenait pas. On se tordait de rire.

Au tout début de l'album, il y avait surtout beaucoup de photos couleur sépia de gens inconnus, grands-oncles, grands-tantes, cousins, posant en famille, pour ces occasions exceptionnelles, qui méritent une photo : fiançailles, mariage, fêtes d'anniversaire.

Nous nous amusions beaucoup, Élisabeth et moi, de ces rangées de petites filles semblables, en robes du dimanche désuètes, socquettes blanches bien tirées sur les mollets, cheveux lisses coupés au carré. Étaient-ce des sœurs, des cousines ? Sur une des photos, la plus petite avait pris dans ses bras un chaton.

Sur une autre photo, deux vieux, venus d'un autre siècle, avec à leurs pieds, un chien de ferme, sans race précise. « Le chien, Maman, il s'appelait comment, le chien ? » Il s'appelait

Trompette, le chien. Je me souviens encore de son nom. J'ai oublié les prénoms des deux vieux, mes arrière-grands-parents.

Il y avait aussi des portraits de groupes de gens d'une même famille, pris souvent à l'occasion d'une communion. Tous endimanchés. Devant, la mère, assise, longue robe sombre et chemisier de dentelle, chapeau et gants, entourée du héros du jour et des enfants les plus jeunes, garçonnets en costumes, fillettes en robes de dentelle empesées. À l'arrière-plan les aînés, et au centre, le père, debout, raide de fierté, une main glissée dans le gilet, le torse bombé, le regard droit. Il a posé son autre main sur l'épaule de sa femme. Propriété privée !

La règle non écrite est que l'on met ce jour-là, le jour de la photo, ses beaux habits du dimanche, qu'on se tient bien droit, bien raide, et qu'on regarde le photographe sans ciller, sourire retenu, parfait. Ah ! Ces regards francs, ces sourires sans détour, ces étalages de bonheur tranquille, ces visages ouverts, ces airs de franchise. « Non, nous n'avons rien à cacher. Nous pouvons vous regarder en face. »

Ce qui m'a frappé soudain, en rouvrant cet album, c'est que tout le monde me regardait. Ce n'est pas moi qui regardais ces inconnus, ce sont eux qui me regardaient. Ils ne cherchaient pas à échapper à l'objectif, ils ne jouaient pas à « je suis affreuse en photo », « non, s'il te plaît, je n'aime pas être photographié », ils se prêtaient à la cérémonie avec simplicité, les bras ballants, sans chichi. Il n'y avait rien apparemment derrière ces sourires tranquilles, pas de mystères, pas de secrets, pas de disputes ni de haine, pas de mensonges, pas de doubles vies, les familles grandissent, s'agrandissent, arrive une photo de fiançailles, puis de mariage, un landau, un poupon coiffé de volants et de dentelles, garçon ou fille, la vie suit son cours, la vie vieillit, la vie passe, et on passe à autre chose, une autre vie, une autre famille, dans un mouvement continu d'eau vive.

Les albums de famille permettent de traverser l'épaisseur du temps, ils racontent une histoire, une histoire de familles heureuses. Mais la vie, la vie réelle, a-t-elle écrit cette histoire-là ? J'ai continué à feuilleter l'album. Il fallait que je comprenne pourquoi Élisabeth l'avait emporté ici. Je devais porter sur ces photos un regard neuf. J'ai passé vite sur les photos les plus anciennes. Je voulais retrouver Élisabeth, me retrouver moi-même, peut-être. Remettre les choses à leur place, dans l'ordre.

J'ai tourné lentement les pages, pensive, revu les rangées de petites filles, les photos de familles inconnues, la jeunesse puis le mariage de nos parents. Peu de monde, c'était la guerre.

Et puis sans transition, Élisabeth. Quel âge pouvait-elle avoir sur cette photo ? Deux ans ? Trois ans ? La photo est prise dans un jardin. Elle se tient debout, un peu raide, intimidée peut-être. La photo doit être prise en hiver, car elle porte un gros tricot de laine à motifs géométriques sur une jupette foncée, et de grosses chaussettes de laine qui lui arrivent juste sous les genoux. Les cheveux paraissent courts, mais en fait, ils sont relevés sur le haut du crâne en une sorte de rouleau peu esthétique, mais qui devait être la mode pour les enfants à l'époque. Elle a posé sa poupée près d'elle sur une petite chaise d'enfant, et s'appuie au dossier d'une main ferme. Cheveux clairs, yeux clairs. C'est bien elle.

Pensivement, je suis revenue en arrière, j'ai vérifié. J'avais dû sauter une page. Non, pas de photos d'Élisabeth bébé. Elle arrivait dans cet album à deux ans. Jamais je n'avais prêté attention à cette bizarrerie. Pourquoi notre père, toujours prêt à fixer pour la postérité tous les moments de nos vies, avait-il omis de photographier dès sa naissance sa fille aînée ? Les photos avaient-elles été perdues ? Après ce premier cliché, et jusqu'à ce que j'apparaisse à mon tour dans l'album, elle était bien là, Élisabeth, l'hiver en gros manteau et moufles, l'été au bord d'un ruisseau ou d'un étang, en maillot de bain tricoté, comme c'était l'habitude à l'époque. Avions-nous pu rire souvent de ces maillots ridicules qui pendaient sur les fesses dès qu'ils étaient mouillés ! Élisabeth à trois ans, quatre ans. Et puis, j'arrive enfin dans l'album. Photo de naissance, photo dans le landau, dans les bras de Maman, de Papa, sous les regards émerveillés de toute une famille. Photo de baptême, où le photographe m'a saisie dans cette pose bizarre, la jambe repliée, le regard ailleurs. La photo du baptême d'Élisabeth, où est-elle ? La photo de mon baptême, elle est chez Grand-mère Julie, sur le buffet, mais je ne me souviens pas d'avoir jamais vu son pendant nulle part, le baptême d'Élisabeth.

J'ai refermé l'album. Deux années sans aucune photo, c'était beaucoup, tout de même. Un vide, un mystère. Il y avait sûrement une explication. Une mécanique s'était mise en branle dans ma tête, petite trotteuse de la pensée, marche entêtée de la curiosité. Elle n'était pas près de s'arrêter. D'ailleurs je n'y songeais pas. J'ai posé l'album sur le bureau et j'ai décidé de sortir.

Et c'est à ce moment-là qu'un autre cliché est tombé. Une grande photo. Que faisait-elle là ? C'était une photo de mariage, celui de ma cousine Marie-Christine. Tous les invités posaient rassemblés devant un hôtel restaurant, les mariés au premier rang avec les enfants et les personnes les plus âgées, les femmes en robe noire, les hommes en costumes sombres qui devaient servir indifféremment pour les mariages et pour les enterrements. Puis, dans les étages, sans doute installés par le photographe sur des bancs invisibles sur l'image, les adultes, et tout en haut, les plus jeunes, les plus lestes. C'est là que j'ai repéré Élisabeth. Curieusement, je n'étais pas à ses côtés, nous qui étions d'habitude inséparables. Sa chevelure blonde accrochait la lumière, on ne voyait qu'elle. Elle portait une robe claire à décolleté carré et gansé, une robe charleston, je m'en souvenais bien. Elle était ravissante, ce jour-là. Elle ne regardait pas l'objectif, mais se tenait la tête tournée vers sa gauche. Qui pouvait-elle bien regarder ? Sur le même rang qu'elle, à quelques mètres, un jeune homme avait lui aussi le visage tourné, mais vers sa droite, vers Élisabeth. Un léger sourire flottait sur leurs lèvres. Le photographe en appuyant à ce moment-là sur le déclencheur avait sans le savoir fixé pour la postérité ce moment de complicité. Se pouvait-il que ce jour-là ma sœur ait amorcé avec ce garçon dont j'avais du mal à me souvenir un flirt discret ? Et moi, je ne m'étais rendu compte de rien ! Élisabeth avait sans doute presque 17 ans à l'époque de ce mariage, et moi 12 ou 13. Une jeune fille déjà, alors que j'étais encore à l'âge des jeux. D'ailleurs, je me retrouvais au premier rang sur la photo, avec les « petits ». Assise par terre dans ma robe rose à volants (je me souvenais très précisément de la couleur), je chahutais avec mon voisin. Élisabeth avait dansé toute la soirée, avec ce mélange de retenue et d'extravagance qui la caractérisait. Moi, la danse ne m'intéressait pas, ce soir-là j'avais couru, sauté, joué avec des gamins et des gamines de mon âge.

Nos chemins déjà, avaient commencé à se séparer, mais je ne le savais pas.

Cela m'est revenu brusquement. Philippe ! Ce garçon s'appelait Philippe. Son père était notaire et ses parents le destinaient au droit, mais il avait une seule passion dans la vie, la musique. Il ne parlait que de ça, la musique. Il jouait du piano et je crois que son désir secret était de devenir pianiste professionnel. Qu'était-il devenu ? Peut-être savait-il quelque chose. Le retrouver, lui parler. De toute façon, mon séjour à Paris m'avait apporté pour l'instant plus de questions que de réponses. Les questions, je devais en priorité les poser à mes parents. Il était temps de rentrer à la maison. Et pourtant, je n'avais pas envie de partir. Ce sentiment de liberté nouvelle (moi seule, ici, à Paris), était si fort que la raison initiale de mon voyage, la disparition d'Élisabeth, était passée au second plan, dissipant presque mon angoisse et le pressentiment d'une tragédie.

8

Deux jours déjà que je m'étais installée dans la chambre de la rue Dauphine. Je commençais à m'y sentir presque chez moi, comme si le fantôme d'Élisabeth n'occupait plus les lieux. Je ne me sentais pas en vacances, plutôt dans une sorte de temps intermédiaire, aux limites mal définies. Je ne savais plus très bien pourquoi je restais là. Nulle trace d'Élisabeth dans le quartier. J'avais apporté une photo d'elle dans le petit café de la rue de Buci. Mais non, personne là-bas ne la connaissait. Pas le plus petit début de piste.

Je ne savais plus très bien ce que j'attendais. J'aurais dû aller à la Sorbonne, me renseigner auprès des étudiants, des enseignants, peut-être. Mais je me sentais bien dans cette chambre minuscule, coincée sous un toit parisien. Le matin, il me suffisait une fois levée de tendre le bras pour attraper le bol et la cuillère du petit déjeuner, un pas pour faire chauffer l'eau sur le camping-gaz dans une casserole ridiculement petite, un pas encore pour me glisser le long de la cheminée jusqu'au lavabo pour une toilette sommaire. Debout, on occupait tout l'espace, assis, on devait mesurer ses mouvements pour ne rien heurter. J'entrais sans le vouloir dans les habitudes d'Élisabeth, dans ses gestes.

Un matin, je me suis souvenue de ce chemisier, aperçu dans la penderie le premier soir. Comme s'il faisait partie du mystère. Je l'ai enfilé et j'ai tiré vers moi la porte de la penderie où était fixé un miroir. C'était vraiment un beau vêtement, un mélange de rayures et de fleurs très sophistiqué, col haut et coupe un peu cintrée, comme j'en avais vu dans les vitrines des boutiques du quartier, au cours de mes promenades des derniers jours. J'ai ressenti une nouvelle fois de l'étonnement à l'idée que ma sœur ait choisi des teintes aussi vives et un imprimé aussi peu discret, peu en accord avec ses goûts habituels et son teint de blonde. J'ai fini de boutonner le chemisier à peine trop grand pour moi, glissé le tissu souple dans mon jean.

Soudain, j'ai pris conscience à quel point ma sœur et moi nous nous ressemblions peu. Moi, très brune aux yeux noisette, un peu ronde. Élisabeth, plus grande, plus élancée, les yeux bleus. De qui tenait-elle ces yeux-là, inconnus dans notre famille ? Je l'avais toujours trouvée plus jolie que moi, sans jalousie particulière. Mais dans cette chambre, devant ce miroir, j'en étais sûre, ce chemisier m'allait mieux qu'à elle. Ces couleurs vives, c'étaient mes couleurs. Cette coupe cintrée allongeait ma silhouette. Ce jour-là, devant ce miroir, je me suis trouvée jolie.

J'ai gardé le chemisier, enfilé des chaussures légères que j'avais, je ne sais pourquoi, glissées dans mon sac de voyage en partant et je suis sortie. J'avais l'impression agréable de changer de peau, même si ce n'était qu'une parenthèse. Je suis partie vers la Sorbonne. On était le 3 mai, il faisait beau et j'avais le projet de monter vers le Quartier Latin par les petites rues, comme s'il s'agissait d'une promenade ordinaire.

9

Il me fallait trouver des étudiants qui avaient pu connaître Élisabeth, des profs, une secrétaire peut-être qui pourraient me donner des nouvelles. En fait, je ne savais plus trop ce que je cherchais. Mon projet se diluait dans cet air de printemps, cette impression d'étrangeté où j'étais, qui me faisait me sentir autre, inconnue à moi-même dans une ville inconnue, plus légère, plus libre, plus insouciante, alors que j'aurais dû être morte d'angoisse. Je devenais floue, vague, ma fièvre d'action était tombée. Je n'étais plus qu'un corps dansant qui marchait dans la rue... Libre...

Mais plus j'avançais, plus tout devenait étrange. Des étudiants me dépassaient en courant, certains avaient un foulard sur le visage. Des voitures de police passaient, klaxon hurlant. Boulevard Saint-Michel, des cars pleins d'hommes immobiles, vêtus comme des robots, étaient stationnés le long du trottoir. Autour de moi, on courait, on s'interpellait : « Ils ont fermé la Sorbonne, ils ont fermé la Sorbonne ! »

Un bruit continu montait entre les immeubles vers un ciel d'un bleu intact, bruissement d'abord, puis vacarme confus traversé d'éclats sonores, on cognait quelque part, on frappait, on creusait. Au bout de la rue des Écoles, je suis tombée en pleine confusion. Des cris, de la fumée. Ça prenait à la gorge, j'ai pensé, c'est la guerre, rien n'avait plus de sens... Devant moi se dressait une barrière de panneaux de signalisation arrachés, de branches, de cageots, de barres de métal tordu, une bicyclette était couchée sur le dessus. Des marionnettes s'agitaient sur cette barricade improvisée, les visages étaient fermés par la colère, masqués même pour certains... Autour de moi, des garçons et des filles de mon âge avançaient en hurlant, puis reculaient comme pour prendre leur élan, ramassaient des cailloux, des pavés, tout ce qui leur tombait sous la main, et les lançaient de toutes leurs forces devant eux. Bousculée, heurtée, ballottée de toutes parts, j'ai tenté de rejoindre le trottoir.

Le sol s'était mis à trembler. Je me suis retournée. Un martèlement de bottes remontait la rue, un cliquetis de métal déboulait sur nous, boucliers d'un autre âge, casques et cirés noirs, une armée sans regard. Puis une fumée âcre a tout envahi. Les yeux qui piquent, la peur, voilà, j'étais entre deux feux, sur une zone de guerre, ou dans un cauchemar, je cherchais la sortie, mais plus rien ne ressemblait à rien...

Soudain, il a surgi au milieu du brouillard et de mes larmes. Une silhouette floue, visage masqué par un foulard, ou un morceau de tissu clair, des yeux noirs aussi larmoyants que les miens. Les gaz lacrymogènes, je l'ai su plus tard. Il m'a saisi le bras, violemment.

— Mais bon sang, qu'est-ce que tu fous là ? Dégage...

Le tutoiement, la douleur, la fumée, les larmes : je ne bougeais pas, comme si l'immobilité pouvait me sauver du cauchemar.

— Allez, viens, ne reste pas là. Tu vas te faire cogner.

Il s'essoufflait, la voix rauque ordonnait, il m'a tirée par le bras, ramenée sur le trottoir. J'ai eu le temps d'apercevoir devant nous, tout près, les robots casqués en pleine charge.

Puis, nous avons couru le long d'un haut mur, enfilé une petite rue. Derrière nous, le bruit des bottes, un cliquetis d'armes. Il avait ôté son foulard et j'avais eu le temps d'apercevoir un visage presque enfantin, des yeux noirs, des cheveux un peu trop longs. Tout en courant derrière lui, mon regard s'est accroché à quelques boucles brunes, sur sa nuque. Je ne pouvais, je ne sais pourquoi, quitter des yeux ce détail, je ne voyais plus que cela : ces boucles brunes un peu trop longues sur la nuque d'un garçon inconnu. Soudain, il a poussé la porte entrebâillée d'un immeuble, l'a claquée derrière lui. Nous nous sommes retrouvés dans le noir. Je n'avais pas trouvé un mot pour résister.

10

Jusqu'à cet instant, je pouvais encore croire que la disparition d'Élisabeth était une simple énigme à résoudre. En enfilant chemisier fleuri et chaussures de printemps, je voulais au fond préserver la légèreté de ma vie. C'était comme un jeu.

Le 3 mai 1968, en entrant par hasard, par maladresse, par erreur, par bêtise, dans la manifestation qui avait suivi l'évacuation de La Sorbonne par la police, j'avais associé sans l'avoir voulu notre drame familial à un combat de rue, une cérémonie guerrière, un jeu aussi, mais dangereux celui-là. Mais je n'y étais qu'une figurante, même pas, une pièce rapportée, une intruse. Je n'avais rien vu venir. Rien vu, rien entendu. Pas de radio. Pourtant, je m'en souvenais, la logeuse avait dit : « Avec ce qui se passe en ce moment... »

Je n'avais pas relevé, pas posé de question. Les rues trop calmes hier, les terrasses désertées, et ce matin, certains rideaux de magasins baissés. Je n'avais pas compris les signes. J'étais étrangère à cette ville, sa langue m'était restée inconnue. Et je m'étais retrouvée dans l'odeur de la poudre et les fumées, du mauvais côté des barricades.

Dans le noir de cette entrée d'immeuble, je ne pouvais voir le garçon qui m'avait tirée d'affaire. Je l'entendais respirer fort, comme moi, après notre fuite éperdue. Mais nos respirations n'étaient pas accordées. Moi, haletante, à moitié asphyxiée par la course et la peur, lui plus calme, plus entraîné peut-être. Nous étions là, peau contre peau, sous l'escalier où il m'avait poussée, par crainte peut-être qu'on ne nous poursuive jusque dans l'immeuble. Mais rien. Tout était silencieux. Nous nous étions accroupis contre le mur et je sentais la pierre froide sous mes genoux. Le garçon dégageait une odeur acide, de sueur, de poudre, de fumée, qui aurait dû m'inquiéter, m'éloigner de lui. Mais je n'osais pas me relever la première, méconnaissant ce danger que lui semblait connaître. Et d'ailleurs, je n'avais pas envie de bouger, pelotonnée contre lui, dans sa chaleur. Je me taisais. Lui aussi. Et je ne crois pas que c'était par peur. Il semblait si tranquille, à côté de moi. Sa respiration s'était faite plus régulière. De la porte venait une faible lumière. Mes yeux s'étaient habitués à l'obscurité de notre cachette, et je commençais à distinguer son visage dans la pénombre. Il me regardait.

Ce qui est arrivé ensuite est venu sans qu'on le décide. Nous avons été pris en quelque sorte par surprise. Nous sommes-nous serrés un peu plus l'un contre l'autre ? Nos mains se sont-elles frôlées de trop près ? Sa respiration s'est de nouveau accélérée, mais elle était cette fois accordée à la mienne. J'avais très chaud, tout à coup, et je n'ai pas arrêté sa main quand elle s'est glissée entre mes cuisses. Nos visages, si proches, dans le noir. Bouches et corps, au ralenti. Rien n'aurait pu arrêter cette puissance inconnue qui montait en moi. « Tu veux bien ? » Oui, je voulais bien. Il a posé ses mains chaudes sur mes épaules et m'a poussée doucement vers les dalles de pierre, mais je ne les ai plus trouvées froides. Accueillantes au contraire à nos corps, dans le silence et la solitude de notre refuge.

Pour moi, ce fut « ma première fois ». Un souvenir brûlant pour toute une vie. Quelque chose d'incongru, d'inimaginable, mais très doux et tendre, alors que sur le boulevard à quelques centaines de mètres de nous, les combats entre les CRS et les étudiants faisaient sang et violence, bruit et fureur.

Après notre corps à corps en ce lieu incongru, nous sommes restés un moment étendus côte à côte, sans un mot. Puis le fou-rire nous a pris, un long fou-rire de vie, de joie d'être au monde.

— Je vais te raccompagner chez toi, c'est plus prudent. Tu as un chez-toi, au moins ?

Nous avons remis de l'ordre dans nos vêtements et nous nous sommes glissés dans la rue. Tout était calme. Au loin, la rumeur de la bataille, des explosions, des cris, mais si loin... Et enfin, nous avons pu nous regarder en pleine lumière. Nos cheveux collés au front par la sueur, nos mains sales, nos joues zébrées de traces noires : nous n'avions pas fière allure. Le chemisier d'Élisabeth, tout froissé, était maculé de taches.

Il a d'abord refermé la lourde porte cochère, puis, comme pour offrir peut-être un refuge à d'autres que nous, il l'a laissée entrouverte. Je me souviens encore de la couleur de cette porte, un bleu un peu passé, un peu écaillé. J'ai décidé à ce moment-là que je garderais pour toujours cette image dans mes souvenirs : une vieille porte d'un bleu indécis qui ouvrait sur la fraîcheur d'un hall de pierre.

11

– Je m'appelle Yves. Et toi ?

C'est vrai que nous avions omis de faire les présentations. Le fou-rire nous a repris tandis que nous revenions vers la rue Dauphine par les petites rues. Il était étudiant à Nanterre, et tout en marchant, il m'a raconté : la demande pour avoir accès aux chambres des filles, les assemblées générales, les débats passionnés entre gauchistes, Cohn-Bendit, son bagout, son aplomb. « Ce type n'a peur de rien. Et plein d'humour en plus, oui, vraiment sympa ». Yves gesticulait en parlant. Ses yeux noirs riaient. On avait envie de le croire. « Les jeunes allaient refaire le monde. Il fallait en finir avec ce pays de vieux. De Gaulle était un croulant. À jeter ! »

À notre arrivée à l'appartement, il m'a quittée très vite. Une révolution l'attendait ! Ma présence à Paris, Élisabeth : j'avais eu juste le temps de lui expliquer brièvement les choses.

– Tu vas voir, on va secouer ce vieux monde pourri. Toutes les facs vont nous rejoindre. Je t'expliquerai. Je reviens demain. Tu seras encore là ?

Je n'étais pas très sûre de cette promesse de retour. Bien sûr, je serais encore là. Nous avons échangé adresses et numéros de téléphone. Il m'a embrassée, très vite, et il est reparti enthousiaste vers La Sorbonne et sa « révolution ». Il avait tellement l'air d'y croire!

Moi, je me suis effondrée sur le lit sans même songer à faire un peu de toilette. Et je me suis endormie, d'un sommeil agité et plein de rêves violents.

Il n'est pas revenu le lendemain. Je m'y attendais et je le comprenais. Il se passait quelque chose en ce mois de mai qui nous dépassait et nous entraînait ailleurs. J'ai décidé de repartir.

Ma recherche d'Élisabeth n'avait plus de sens. Je devais rentrer pour questionner mes parents. En même temps, la rencontre avec Yves m'avait fait comprendre que j'étais en train de passer à côté de quelque chose. Je ne savais pas trop quoi, c'était confus. Mais il me semblait que je devais rentrer à Poitiers, sur mon territoire, retrouver mes amis de la fac, essayer de comprendre, participer à ce qui se préparait, qui était déjà là et que je n'avais pas vu venir. Et démêler ce désordre qu'était devenue ma vie en quelques jours.

12

Je suis d'abord passée chez les parents. Ils avaient des choses à me dire, j'en étais sûre.

Le plus difficile, ce fut de trouver les mots. Les premiers mots. Nous avons laissé s'installer le silence entre nous. Papa sur sa chaise habituelle, les coudes posés sur la table, les mains à plat, comme pour résister à l'effondrement. Maman, les yeux rouges, assise près de la grosse cuisinière de fonte. J'étais restée debout à côté de la porte. Sur la table, j'avais posé sans rien dire l'album photo que j'avais ramené de Paris. Qui oserait parler le premier ? Nous hésitions. Nous savions que les banalités nous étaient interdites.

La cuisine gardait la douceur encore vaguement sucrée d'un gâteau cuisiné la veille, la quiétude de notre lieu de rassemblement familial, qui accueillait si bien nos repas, nos bavardages, nos disputes parfois, vite éteintes, la lecture du journal ou d'un livre, nos devoirs scolaires, quand Élisabeth et moi étions petites. Nous y faisions le récit des menus événements de chaque jour, nos soucis et nos bonheurs. Maman y tenait prêt le nécessaire pour soigner nos bobos d'enfants, l'alcool qui pique et le sparadrap. Elle y faisait son repassage sur la table protégée par une couverture. Papa venait l'aider à plier les draps avant de les ranger dans l'armoire. À tour de rôle, Élisabeth ou moi passions par la corvée de l'essuyage de la vaisselle. La cuisine, c'est là que nous vivions. C'était une pièce qui n'était pas habituée au silence.

Mon père a fini par se redresser. Il a ramené vers lui le vieil album, l'a feuilleté jusqu'aux premières photos d'Élisabeth enfant. Il s'est tourné vers moi.

— Tu as déjà compris, je pense. Élisabeth est une enfant adoptée. Quand nous l'avons rencontrée, elle avait deux ans.

Elle était si petite, si fragile, presque maigre et tassée sur elle-même, comme si elle craignait de prendre trop de place. C'est pour son bien que nous lui avons menti. Dès la première rencontre à l'orphelinat, nous l'avons aimée tout de suite. Il nous a semblé que nous avions été choisis pour la protéger. À l'époque, tout le monde était d'accord, médecins, infirmières, nourrices : une enfant de deux ans n'a pas de souvenirs. À quoi bon lui dire ? Lui expliquer qu'elle avait été abandonnée ? Pourquoi ajouter du malheur au malheur ? Elle allait être notre fille, entrer dans notre vie, adopter nos mots, nos habitudes, nos souvenirs. Le reste allait s'effacer, c'est tout.

Il s'est retourné vers ma mère :

— Dis-lui, toi...

— Une fois chez nous, a dit Maman, elle n'a jamais reparlé de sa mère, à peine de l'orphelinat. Elle a oublié très vite. Il nous semblait que ça aurait été cruel de lui reparler de tout ça. Un enfant de deux ans a si peu de souvenirs. Je crois que nous aussi, nous avons fini par oublier. Nous n'avons pas menti, vois-tu. Nous avons oublié, tout simplement.

Oublié. Ils avaient oublié! C'était un peu trop facile. Élisabeth n'avait rien dit. Mais lui avait-on donné la parole ? Toute une famille embarque pour le mensonge, et on me parle d'oubli !

— Je sais, nous avons eu tort. Nous avons eu tort d'écouter tous ces gens. Nous avons cru bien faire, mais nous avons manqué de courage, voilà tout. Élisabeth a le droit de nous le reprocher. Mais partir comme elle l'a fait, tout quitter, avec cette violence... Et voilà que toi aussi...

La pièce est retombée dans le silence. Qu'attendaient-ils de moi ? Un pardon qu'ils n'avaient pas obtenu d'Élisabeth ? Je leur en voulais de leurs mensonges passés, de leurs regrets, de leurs explications mêmes, de toute cette tristesse qui s'était abattue sur notre maison, empoisonnant nos habitudes, nos relations paisibles, la tendresse qui nous unissait jusque-là. Tout avait explosé et je n'avais aucune envie d'essayer de réparer l'irréparable.

— Je crois que pour l'instant, on n'a plus rien à se dire. Je vais repartir à Poitiers. J'espère seulement qu'Élisabeth donnera de ses nouvelles. Mais je ne suis pas sûre qu'elle en aura envie.

Et moi aussi, je suis partie. Comme Yves, j'avais une révolution à faire !

13

J'aurais dû être effondrée, anéantie par ce que je venais d'apprendre. Mais non ! Ce fut la plus belle saison de ma vie. Nos nuits étaient courtes, nos journées exaltées et pleines. Peut-être cette exaltation étirait-elle le temps, car, de ce mois de mai 68, je garde en mémoire l'impression d'une longue parenthèse, un long printemps plein de débats, de slogans, de manifs, entre la fin des cours, début mai, puis les premières grèves, et l'organisation tardive, quand tout a été fini, de parodies d'examens, organisés par des profs peu courageux ou réellement inquiets pour notre avenir.

Les AG prenaient une grande partie de notre temps. Commencées dans la journée, elles se terminaient souvent dans la nuit, laissant les orateurs aphones, les auditeurs épuisés. Les débats étaient violents, entre des groupes aux idées confuses, mais aux paroles définitives. Les certitudes s'affrontaient pendant que la fumée des cigarettes envahissait peu à peu l'amphi. Au matin, on ne distinguait plus le plafond, les visages avaient pris une teinte livide, et les oppositions entre Maoïstes, Trotskistes, Ligue Révolutionnaire avaient perdu toute consistance, les orateurs s'interrompant sans cesse et n'hésitant pas à s'insulter.

Au fond, je n'y comprenais pas grand-chose, et dans mes rares moments de lucidité, je me disais que toute dictature, fût-elle du prolétariat, n'était sans doute pas une utopie qui vaille la peine de se battre pour elle.

Mais comme les autres, j'étais emportée par le mouvement.

Dans ce flou général, je garde le souvenir de moments forts.

Le jour où je me suis retrouvée sans l'avoir cherché en première ligne d'un sit-in devant l'Hôtel Fumé. Les CRS immobiles nous dominaient à quelques mètres, et j'ignore ce qui me serait arrivé si un étudiant mieux bâti que moi n'avait exigé fermement que je lui laisse la place.

Le jour où par jeu nous avons couru dans la rue principale devant les flics. Les grenades lacrymogènes tombaient autour de nous, nous étions hilares, triomphants, nous étions les plus forts, il ne pouvait rien nous arriver.

Le jour où il a fallu se replier dans la fac, en défendre les portes contre l'assaillant. Il régnait dans le hall du bâtiment un climat d'insurrection. Une étudiante malchanceuse avait reçu des éclats de grenade dans le mollet, il nous fallait trouver de quoi enlever ces morceaux de métal. Je ne sais comment, Martine est revenue avec une pince à épiler et de l'alcool, et a opéré au milieu de la foule compacte et excitée tandis que la blessée, assise par terre, gémissait. Je ne l'ai plus revue ensuite, peut-être sa combativité avait-elle atteint là sa limite. Ce jour-là, l'AG fut particulièrement houleuse, mais pour une fois elle arriva à un accord : il fallait occuper les lieux pour empêcher l'ennemi d'y entrer. En passant par l'arrière du bâtiment, par petits groupes, nous sommes allés récupérer des sacs de couchage et de l'eau. Et alors que la nuit tombait, nous nous sommes entassés dans l'amphi Descartes pour y passer la nuit et en défendre les portes. Nous avions une mentalité d'assiégés. Nous avons peu dormi, beaucoup parlé, par petits groupes, à voix presque basse, comme s'il était dangereux qu'on nous entende. Au petit matin, nous nous sommes réveillés peu à peu, les membres endoloris d'avoir dormi par terre, dans l'odeur de la poussière et des corps pas lavés. La police n'avait rien tenté. Je crois que j'ai été déçue.

Dès le début, notre appartement avait été envahi. La plupart des parents avaient coupé les vivres à leurs enfants, espérant les ramener à la maison. Privés de logement, une partie de nos amis trouvaient régulièrement refuge chez nous. Dans le couloir, matelas pneumatiques et sacs de couchage s'entassaient, au gré des arrivées et des départs. Il fallait faire la queue dans la salle de bain. Nous avions seulement demandé à ce que les frais pour la nourriture soient partagés. Je me souviens particulièrement d'une crise de rire qui nous saisit un jour, Annie, Martine et moi. Un couple de vagues copains qui touchait pourtant une bourse généreuse et qui occupait régulièrement les lieux depuis le début des événements, n'avait pas semblé jusque-là sensible à nos modestes exigences. Martine finit par mettre les points sur les i : tout le monde devait participer un peu à l'approvisionnement. Ils nous apportèrent le soir même une petite boîte de raviolis destinée à nourrir la dizaine de personnes qui squattaient là. Nous ne les revîmes pas et ce fut leur seule contribution « à l'effort de guerre » !

Tous ces souvenirs restent nets et précis, comme des îlots émergent d'une mer grise. Le reste est flou, fumeux. Mais je suis pourtant la fille de ce printemps-là. Celle qui a manifesté, celle qui a crié des slogans avec les autres, celle qui a porté haut des banderoles qui disaient drôlement « qu'il était interdit d'interdire », et qui en a ri, celle qui a couru à perdre haleine devant les CRS, celle qui a pleuré, mais c'étaient les gaz lacrymogènes, rien de plus, celle qui a écouté des discours enfiévrés, sans intervenir, sagement, dans la foule des amphis, celle qui a participé, celle qui était là, celle qui a débattu, celle qui a affûté ses idées aux idées des autres, dans des cafés enfumés, celle qui s'est laissée convaincre souvent, qui a convaincu aussi peut-être, celle qui a vécu ce printemps-là. Une fille de mai 68, parmi d'autres.

Des années plus tard, il est de mode de se moquer des « soixante-huitards ». Cheveux longs, idées courtes !

J'ai compris, moi, une chose en mai 68, c'est que je n'étais pas qu'un individu plein de désirs et de chagrins, qu'au-delà de la disparition d'Élisabeth qui avait ouvert ce grand vide en moi, ou peut-être à cause de ce grand vide, au-delà de mes rêves de petite fille, devenir quelqu'un, une artiste, une journaliste, un écrivain, une célébrité sûrement, il y avait le monde et les autres, des foules d'hommes et de femmes qui se battaient ailleurs dans le monde, qui palpitaient aussi de rêves et de désirs, mais de désirs de liberté, eux, de vie sans guerre et sans famine. Je n'étais plus qu'une petite cellule dans le bouillon de l'univers qui ferait de sa vie ce qu'elle pourrait, et ce serait bien, même si elle ne changeait pas l'ordre du monde, mais au moins, un peu, l'ordre des choses autour d'elle. Et c'est ce que j'ai fait dans la suite de ma vie, à partir de cette année où Élisabeth a disparu et où j'ai enfin osé grandir.

Et puis, il a bien fallu que cela finisse. Le pays s'était enfoncé dans la grève, il n'y avait plus d'essence, plus de courrier ou presque, plus de train. Il semblait que tout se soit immobilisé.

Pourtant, le 13 mai, nous y avions cru. De cette grande manif, j'ai peu de souvenirs, sinon de m'être sentie minuscule au milieu d'une foule immense, bruyante et joyeuse, qui avait envahi les rues. Partout, des cris, des slogans, des coups de trompettes, des banderoles, des drapeaux. On avait réussi à mettre ensemble dans la rue les travailleurs, comme on disait, et les étudiants. Du haut d'une rue en pente, nous avons pu voir devant nous, très loin, vers la gare et au-delà, la foule des manifestants, une longue chenille qui ondulait comme un seul corps, avec par-dessus les têtes, la danse des drapeaux aux couleurs claquantes et des banderoles blanches. Nous marchions ensemble, serrés les uns contre les autres, comme un peu ivres : la révolution avait gagné !

Nos illusions n'ont pas tardé à s'effilocher comme un léger brouillard. Au fond, tout cela n'avait été qu'un rêve. Et c'est quelque temps plus tard, mi-juin, quand tout, peu à peu, a eu repris son cours normal, que par je ne sais quel caprice du destin nous est arrivée enfin une lettre d'Élisabeth.

14

Ma chère Jeanne, ma chère sœur,

Oui. Je t'appelle encore ma chère sœur, et pourtant... Comment te dire ? Comment te raconter sans te blesser ? Depuis mon départ, beaucoup de choses se sont passées dans ma vie. Des choses qui je n'en doute pas ont dû mettre en branle ton instinct de détective. Peut-être as-tu deviné en partie la vérité, peut-être les parents se sont-ils décidés à sortir de leur silence.

Je dis : Les parents. Je dis: Albert et Suzanne. Pour éviter de dire : Mes parents. Pour moi, les mots maintenant sont piégés. Ce sont des mines enfouies depuis mon enfance, sous les couches de poussière du passé.

Pourtant, il y a les souvenirs. Une famille aimante, une famille heureuse. Un souvenir, surtout, me poursuit, je ne sais pourquoi. Te souviens-tu ? Quand nous étions enfants, souvent le dimanche, Papa sortait la voiture du garage.

— Allez, les filles. On va chercher le pain à S... Et si vous êtes sages, j'achèterai peut-être des gâteaux.

Ah ! Ces gâteaux de la pâtisserie de S. Énormes, débordants de crème épaisse, couverts de sucre ou de glaçage aux couleurs trop vives. De bons gros gâteaux de campagne. Je te revois encore, le nez collé au niveau de la table où étaient posées les merveilles. Choisir était une épreuve délicieuse. Pour moi, c'était rapide. J'hésitais tout au plus entre une tartelette et un éclair au chocolat. Des choses simples, sans surprise.

Et toi après de longues réflexions, regrets, retours en arrière, hésitations, remords, tu finissais toujours par prendre... un mille-feuille.

Rien de plus bourratif qu'un mille-feuille. Le dessus est trompeur : crème lisse et blanche, un peu luisante, appétissante, en somme. Quand on y goûte, c'est tout sucre. On ne se méfie pas d'abord. On se laisse aller à une simple gourmandise, on explore avec la langue, on lèche, prudemment.

C'est après que ça se complique. La couche glacée n'est que le haut de l'iceberg, le sommet d'une masse étagée, énorme, qu'il est impossible de mordre d'un seul coup sans accident. Un entassement de dur, de mou, par strates superposées. Ça résiste, ça déborde, ça s'étale, ça dégringole. Manger un mille-feuille, c'est accepter d'avance l'accident, le débordement, c'est risquer le ridicule.

Je déteste les mille-feuilles.

Toi, tu ne te posais pas tant de questions. « Un mille-feuille, Papa, finalement, je prendrai un mille-feuille. »

Je te revois encore déguster ton mille-feuille du dimanche. Pas question d'utiliser une cuillère qui aurait gâché ton plaisir, et de toute façon aurait été un instrument bien inutile. Non ! Tu empoignais le gâteau d'une main ferme et commençais par lécher longuement l'appétissante couche de sucre glacé du dessus. En dessous, ça commençait à se gâter, mais tu n'en avais cure. Quand les étages superposés semblaient sur le point de s'effondrer, tu mordais dedans sans crainte. La crème commençait à couler entre tes doigts, tu tentais de rattraper le désastre à grands coups de langue. Il fallait faire vite, lutter contre l'effondrement, croquer le croustillant sans négliger le mou. Sans rien perdre.

À la toute fin, assiette et doigts léchés, bouche et langue maculées, joues empourprées, œil vif, tu reposais tes coudes sur la table comme après un combat difficile, et tu poussais un soupir d'aise, un soupir de gourmande repue, le soupir du vainqueur.

Tu as toujours attaqué la vie comme tu avalais tes mille-feuilles du dimanche. Moi, je me méfiais de la vie comme, enfant, je me méfiais des mille-feuilles. C'est comme si sous la couche du dessus, sous le vernis de ma vie, je sentais que des choses s'agitaient, chuchotaient, plus secrètes. Ces choses cachées, il aurait fallu leur faire de la place, leur ouvrir des brèches dans l'épaisseur, laisser leur écho monter vers la surface. Je n'osais pas. J'avais peur que ça déborde, que ça tourne au désastre.

Je restais à la surface, à cet équilibre parfait de ma vie : des parents aimants, ouverts, attentifs, une petite sœur adorable, un avenir tout tracé de professeur d'Histoire, ou de chercheuse. J'avais tant de projets, et tant d'inquiétudes en même temps. À Paris, tout allait bien. J'avais des profs formidables, Braudel, Duby, des passionnés qui cherchaient à renouveler la recherche en Histoire, et que j'admirais. Pourquoi aller voir sous le vernis du joli gâteau ? Avec Jacques Le Goff, j'ai commencé ma thèse sur la place de la femme dans la société médiévale. Le passé des inconnus, c'est si rassurant!

Tout a changé à Noël dernier. Un repas de famille : j'aime ces moments-là où tout paraît joyeux, facile, où l'on fait taire rancunes, disputes, jalousies. Maman sort une jolie nappe, toi et moi l'aidons à mettre le couvert, à décorer la table.

Ce Noël 67, rappelle-toi, elle avait acheté des perles de couleurs, toute une bimbeloterie miroitante que nous avons semée en guise de chemin de table. Nous avons sorti les belles assiettes, celles du service de mariage de grand-mère, toute blanches avec un liseré d'or, les verres à pied en faux cristal taillé. Tout cela brillait, étincelait. Je me suis reculée pour voir, et soudain, j'ai frissonné, j'avais le bout des doigts glacé, très blanc, comme si le sang s'en était retiré. Il faisait chaud dans la pièce, pourtant. J'ai été prise de tremblement, j'avais l'impression que je vacillais sur mes jambes. Je regardais cette table scintillant de toutes ses fausses pierres précieuses. J'ai pensé: « C'est beau ». Puis: « C'est un décor ». L'impression que plus rien n'était vrai, que nous jouions la comédie.

Alors tu es entrée, tout excitée, des couverts plein les mains, les yeux brillants.

— Vite. Aide-moi, je vais tout laisser tomber !

Je me suis précipitée. Mon vertige était passé, mais pas ce froid qui me rendait raide et maladroite. Nous avons fini de mettre le couvert. Et puis les invités sont arrivés. Baisers claquants, rires joyeux. J'ai oublié.

Mais quand est venu le moment du dessert, quand je suis allée chercher la bûche à la cuisine, quand je suis entrée portant le grand plat et le gâteau triomphal, quand j'ai entendu les applaudissements, les rires forcés, vu les visages trop rouges... oui, nous étions au théâtre, et j'ai été prise d'une sorte d'éblouissement.

Pendant les quelques jours de vacances qui ont suivi, ces questions se sont faites plus insistantes, ou plutôt j'osais commencer à me les formuler. Un après-midi, j'ai eu envie de regarder notre vieil album photo, celui des portraits de famille, celui de notre enfance. J'étais seule à la maison. Tu étais sortie pour des courses avec des copines, ou je ne sais quoi d'autre.

C'est là, dans cet album qui racontait à sa manière notre enfance, que j'ai découvert que du début de ma vie, il n'y avait rien, nulle trace. Seulement un trou noir, comme un trou de mémoire. Comment avais-je pu jusque-là passer sur cette étrangeté sans la voir ? Pas une photo de ma petite enfance. C'est comme si je n'avais pas eu de vie avant mes deux ans. Rien. Le vide. Je suis restée assise là un grand moment, le cœur battant, presque sans pensée. J'avais mordu dans le millefeuille, il restait à affronter le désastre.

Les jours suivants, je n'ai parlé de rien. Nous étions en famille, c'était Noël. Dans la journée, malgré les questions qui me rongeaient, je faisais bonne figure. La nuit, je remuais tout cela dans ma tête. Enfin, je m'autorisais à comprendre, à formuler la seule explication possible. Albert et Suzanne n'étaient pas mes vrais parents. Et au fond, je l'avais toujours su.

La suite s'est déroulée presque malgré moi : Un soir où j'étais invitée chez mon amie Sylvaine, j'ai eu envie soudain de l'écharpe rouge de Maman, celle qui est si douce, de ce rouge si chaud qu'on a chaud rien qu'à la regarder. J'aurais dû demander. Maman n'était pas là. Je ne l'ai pas fait. En entrant dans la chambre des parents, je n'étais pas très fière, j'ai pourtant ouvert l'armoire à la recherche de l'écharpe rouge. Bien sûr, je ne l'ai pas trouvée tout de suite. Mon œil a été attiré tout en haut, sur la dernière étagère par quelque chose de rouge. L'écharpe ? Monter sur une chaise ne m'a pris qu'un instant. La chose rouge, c'était une petite valise de carton bouillie, une valise comme on en vendait autrefois dans les boutiques de jouets pour que les petites filles rangent les vêtements de leurs poupées.

J'ai posé la valise sur le lit, caressé la fermeture légère. Pas de clef. Rien... Non, ne pas ouvrir, je n'avais pas le droit. J'étais devant la porte fermée de Barbe Bleue. Je ne devais pas ouvrir. J'ai ouvert pourtant. Comme si une autre Élisabeth agissait à ma place.

Sur le dessus de la valise ouverte, une grande enveloppe d'un épais papier beige.

J'ai ouvert la grande enveloppe. C'était comme si mes mains pensaient pour moi. Des papiers sont tombés sur le lit, quelques feuillets, une photo, une carte postale.

La photo est en noir et blanc. C'est la photo d'une petite fille, deux ans à peine, en manteau sombre, bonnet tricoté à pompon, et écharpe autour du cou. C'est peut-être l'hiver. Souliers vernis, socquettes blanches. J'hésite. Cette enfant, est-ce moi ? Elle ressemble à l'enfant de deux ans de l'album familial, elle me ressemble... Et elle est tellement différente !

L'enfant donne la main à quelqu'un, mais ce quelqu'un a disparu. La partie gauche de la photo a été soigneusement découpée. De l'adulte qui tenait la main de la petite, on ne voit que l'extrémité des doigts. Il y avait quelqu'un à côté de l'enfant, tout proche à ce moment-là, et maintenant à des années-lumière, de l'autre côté d'une brèche infranchissable.

La carte postale est muette. Rien. Pas un mot. Elle représente un paysage de prés verts, des arbres, un chemin qui longe un cours d'eau. Au dos, on lit : la Seine, près d'Argenteuil.

Au fond de la valise, plié dans un papier de soie jauni, le manteau de la petite, son écharpe, et une robe de laine à grosses mailles. Comme le papier de soie, la robe qui devait être blanche a jauni, mais l'écharpe et le bonnet sont encore d'une jolie couleur rose, fraîche comme s'ils avaient été portés la veille. Sous le paquet de vêtements, les chaussures vernies, à peine usées. À l'emplacement du talon, je lis : Perrin Chausseur, Paris 14ème. Pointure 22.

Sur un bout de papier, un lieu, une date, au crayon : Paris, 20 avril 1943, 11 heures.

C'est tout.

L'enfant a le regard clair et tranquille. Elle ne sait pas. On ne lui a rien dit... J'ai le regard clair et tranquille. Je ne sais pas. On ne m'a rien dit...

Je n'ai pas de souvenirs, mais à cet instant, je sais. Ce qu'on ne voit pas sur la photo, c'est la main qui tient la main de la petite fille. Ce qu'on ne voit pas, c'est le bras, l'épaule, le corps de la femme qui tient la main de l'enfant, une main, une épaule, un corps de femme, oui, j'en suis sûre, je le sens, une femme disparue, une femme déchirée peut-être par la douleur, ou le remords, ou la hâte d'en finir, et puis aussi, peut-être, ailleurs, un homme, disparu, parti sans laisser d'adresse...

Ce qu'on ne voit pas sur la photo, je l'imagine, c'est la solitude de cette femme, le deuil, ou la honte, les regards des voisins qui se détournent sur son passage, les soupirs des parents, pire peut-être, la condamnation des vainqueurs après la victoire. Je suis née en 1943, blonde aux yeux bleus, je peux tout imaginer, tout craindre, je le sais, je fais des études d'Histoire, je ne peux pas me réfugier dans l'ignorance, dire que je ne sais rien des femmes tondues, maltraitées, des foules revanchardes et hargneuses. Oui, la photo découpée ne dit pas le chagrin ni le tourment. Elle ne dit rien de l'histoire.

Mais de l'autre côté de la déchirure, je la vois. Elle. Elle est partie de chez elle dans la matinée. Il fait un peu frais. Elle a mis son manteau d'hiver à la petite, elle est bien couverte. Le bonnet et l'écharpe roses. Elle n'aura pas froid.

Elle a dit :

— Viens, on va se promener.

La petite est contente. Elle aime marcher, quand sa mère lui tient la main. Mais ce matin, sa mère marche un peu trop vite. Trop vite pour les petites jambes. Elle a emporté un sac, un bagage léger qu'elle tient de l'autre main. Pas comme d'habitude. On est passé devant le square où il y a cette balançoire.

— Balançoire, s'il te plaît, Maman...

Mais non. Sa mère ne s'arrête pas. Elle la tire presque par le bras.

— Tu me fais mal, Maman !

Sa mère ne répond pas, ne parle pas, elle marche, elle marche comme si elle voulait se donner de l'élan, prendre de la vitesse. Non, pas comme d'habitude.

La petite se plaint, commence à pleurnicher. Rien. La mère ne dit rien. Elle ne se fâche pas, elle a les lèvres serrées, elle ne sourit pas, n'ouvre pas la bouche, même pas pour respirer, elle garde tout à l'intérieur. Elle tient ferme le petit sac, comme si elle s'accrochait à quelque chose, pour se donner du courage. On n'est pas repassé devant le square. Aujourd'hui, il n'y aura pas de balançoire. On a traversé une grande avenue, ce n'est plus le quartier habituel.

— Maman, on est perdu ? On est perdu, Maman ?

Encore une grande rue, puis une grande maison. La petite ne le sait pas encore. Elle est entrée dans l'inconnu. Ce qu'on ne voit pas sur la photo, c'est le chagrin de la petite fille, un chagrin à venir dont elle ne sait rien encore.

Cette femme, comment a-t-elle pu ? En déchirant cette photo, elle a déchiré une promesse. J'ai été cette enfant que sa main a lâchée, une enfant abandonnée, seule, sur une moitié de photo, laissée là sans message ni testament. M'a-t-elle aimée ? M'a-t-elle donné ces petits noms d'amour que les mères murmurent à l'oreille des bébés, ces noms d'étoiles qui vous guident ensuite à travers les constellations de la vie ? S'est-elle contentée de m'apprendre à marcher pour que je poursuive seule le chemin ? Quels petits cailloux a-t-elle semés pour que je revienne en arrière, vers elle ? Une moitié de photo, une carte postale, une date, un manteau d'hiver, une écharpe rose, deux chaussures de petite fille modèle: piètres indices, chétives traces, fragiles vestiges, peut-être abandonnés dans la hâte de la séparation.

Je préfère ne pas te raconter l'explication que j'ai eue quelques jours plus tard avec Albert et Suzanne. Houleuse, violente. Comment avaient-ils pu me cacher la vérité ? Je n'étais pas leur fille, tu n'étais pas ma sœur. J'étais une enfant adoptée à la fin de la guerre, à un moment de leur vie où on venait de leur annoncer qu'ils n'auraient sans doute jamais d'enfant (la suite a prouvé que c'était faux, puisque tu es née deux ans plus tard !). Comment toute une famille avait-elle pu se rassembler autour d'un pareil mensonge ? Comment pendant toutes ces années avaient-ils fait tous pour ne pas se trahir ? Au fond, à force de se taire, peut-être n'avaient-ils même plus les mots pour la dire, cette vérité. Ils y croyaient ferme, à ce mensonge. Même tante Alice la seule de la famille à avoir les yeux bleus, qui prétendait que je lui ressemblais ! Et c'est vrai que tout le monde s'est comporté comme si j'étais la vraie fille d'Albert et Suzanne. Et au fond, c'est ce que j'étais, d'une certaine façon. Ils m'ont élevée, aimée. Ils n'ont jamais fait de différence avec toi, leur vraie fille. Je leur dois tout, comme on dit. Mais eux me devaient la vérité.

Nous sommes quittes.

Je vais partir, Jeanne. Je suis partie.

Je veux rebrousser chemin, revenir en arrière au temps de la photo, traverser l'épaisseur pesante des souvenirs, frayer mon chemin du retour à travers cette jungle, en écarter les hautes herbes. Ces souvenirs, je n'en veux plus. Ce ne sont pas les miens.

Je ne veux pas me rappeler les bons ni les mauvais moments passés, nos jeux dans la maison d'enfance, à la campagne, moi devant, toi derrière. Nos jeux à la belle saison sous la charmille : nous jouions à la dînette, avec de la dérisoire petite vaisselle de plastique déteint, inventant des mixtures verdâtres, nous jouions à la marchande, à la poupée, la tienne s'appelait Françoise, la mienne je ne sais plus, tu vois, j'ai déjà oublié.

Je ne veux pas me souvenir de la première fois où j'ai fait du vélo sans les petites roulettes, des gestes de mon père qui dévissait lentement les écrous, comme à regret de voir sa fille grandir. « Tu es sûre, tu veux essayer, tu n'as pas peur de tomber ? », et sa main ensuite qui tenait la selle puis la lâchait soudain, cette impression de liberté que j'ai eue, juste avant la chute probable, mais je ne me souviens plus de la chute, ni plus rien de ce jour. Je ne veux pas me souvenir de ce jour-là.

Ni de ce jour d'été trop chaud où nous avons eu l'envie soudaine de camper, dormir à la belle étoile, comme les grands. Qui en a eu l'idée la première, toi ou moi, ça non plus je ne m'en souviens déjà plus. Ni notre joie quand Papa est revenu avec quelques piquets de bois, et une grande bâche kaki, munie d'œillets, vestige de la guerre. Je ne sais plus comment il a monté cette tente dérisoire, dans un enthousiasme soudain, ni comment nous y avons installé couvertures et oreillers, pour aller nous y coucher à la nuit tombante. Je veux oublier l'émerveillement des cris de la nuit, le coassement des grenouilles dans le ruisseau qui coulait au bas de la route, puis l'appel strident des hulottes en chasse. Je ne veux pas me souvenir comment des bruissements mystérieux dans les herbes et les arbres ont fini par avoir raison de notre courage, nous ramenant dans nos lits sous le regard amusé des parents.

Je veux oublier le goût des gâteaux de Maman, partir sans sa recette de crème au beurre, cette crème au café à la fois onctueuse et légère dont elle fourrait la bûche de Noël. Oublier nos courses dans la campagne le jeudi, en compagnie des enfants des fermes alentour. Oublier que j'ai ramené avec eux les vaches des prés, oublier toutes les fois où pour rentrer plus vite quand nous étions en retard pour le dîner, nous courions sans souci des ornières et revenions à la maison les chaussures trempées et boueuses, mais juste à l'heure. Oublier les règles du jeu de ballon-prisonnier auquel je jouais à en perdre la raison dans la cour de récréation.

Oublier l'hiver où il avait fait si froid qu'on m'avait taillé dans un ancien pantalon de sport de Papa une sorte de culotte bouffante hideuse que je portais sous mes jupes. Oublier l'odeur affolante de la glycine qui courait sous les fenêtres de la maison, au printemps.

Oublier ce jour où on a vidé l'étang de Villeneuve. L'eau noire baissait peu à peu. Partout grouillaient à la surface, de plus en plus affolés, les poissons aux écailles luisantes. Est-ce moi vraiment qui trouvant que cela n'allait pas assez vite, ai sauté dans l'eau ? J'en avais jusqu'à mi-cuisse, cela sentait la vase, et je ramenais à pleines mains les poissons visqueux qui me glissaient entre les jambes. Est-ce moi qui hurlais de joie et de peur ? Ou une autre ?

Je ne veux plus me souvenir de rien de cette vie-là, de rien de cette enfance-là, ce passé n'est plus à moi. Je veux retrouver une autre enfance, celle de la petite fille de la photo déchirée. Revenir à ce moment où ma vie a pris un détour imprévu, a quitté sa route, s'est perdue.

Je veux revenir à ce qui n'a pas eu lieu, à ce qu'on m'a volé, une autre enfance dont je ne sais rien. Je veux redevenir la petite fille que j'aurais dû être, celle d'avant Élisabeth, et qui n'a pas de nom.

Pourquoi n'en resterait-il rien? La menotte de la petite fille de la photo est encore là au creux de ma main, je peux la sentir, la toucher, en retrouver le velouté sous ma peau, elle n'est pas perdue, elle a laissé sa trace dans ma chair, dans mes os. Et le souvenir de la main de ma mère, paume contre paume, peau contre peau : il n'est pas possible que ma main d'adulte n'en ait rien gardé, un effleurement, une caresse furtive, cela va me revenir...

Il faut que je retrouve sa voix, son rire. Les voix des enfants, dit-on, reproduisent la musique de celle des parents. Quelle trace, quel écho léger dans la mienne ? Les sourds n'entendent pas les sons, mais ils les retrouvent en posant la main sur le piano ou en en sentant les vibrations monter du sol dans leur corps. Pourquoi la voix de ma mère n'aurait-elle pas laissé ses vibrations dans mon corps, comme un tremblement lointain et souterrain ?

J'en suis sûre, j'ai gardé d'elle quelque chose. Ses yeux, sa blondeur, son profil trop aigu ? Ces traces silencieuses qui m'ont faite ce que je suis, qui m'appartiennent, et que j'ai perdues.

Je dois quitter Élisabeth, me dépouiller de ce déguisement, revenir sur mes propres traces jusqu'au début de mon exil, le jour de la photo déchirée.

Je pars, Jeanne. Je suis partie. Je n'arrive même pas à penser au chagrin que je vais vous faire. Il ne faut pas que j'y pense.

Bien sûr, je vais vous demander de ne pas me chercher, jamais.

Bien sûr, je sais que vous n'en ferez rien.

Élisabeth, encore un peu, pour toi, pour vous.

II

1

« Finalement, tu n'es qu'une petite bourgeoise ! »

Ce n'est pas dit méchamment, c'est juste un constat. Je n'irai pas travailler en usine, je n'irai pas élever avec lui des chèvres en Lozère, comme il me le propose. Donc, je suis une petite bourgeoise. C'est ainsi. Pour Yves, les choses sont simples.

Il est surpris, il s'était fait une autre idée de la petite jeune fille de la porte bleue, celle qui le 3 mai l'avait suivi sans hésitation. C'était si facile. Mais pas aujourd'hui. Il est déçu.

Peut-être avions nous trop rêvé nos retrouvailles. Il est là, devant moi, dans ce café parisien, et ses projets d'avenir m'arrivent comme d'une planète lointaine.

Mon regard s'attarde sur le mince visage clair, les boucles brunes — elles ont encore poussé depuis le 3 mai, ça lui va bien —, sur les mains fines, sur le corps léger, presque frêle. Yves en usine, ces mains-là dans la tôle ou le cambouis, les gestes à accorder au rythme de la chaîne, la pensée absente, ou en attente ? Ou alors en Lozère, un troupeau de bêtes indisciplinées, les pieds dans les bottes de caoutchouc, le travail dehors, le froid l'hiver, le sec et le brûlant l'été ? Non, décidément, je n'y crois pas.

— Tu ne veux pas renoncer à ton confort, c'est ça ? Tu as peur ? Qu'est-ce que tu veux faire de ta vie ? Tu ne le sais même pas !

Il s'anime, il veut comprendre, convaincre. Devant nous, dans ce café du boulevard Saint-Michel, une bière et une menthe à l'eau. Et la table qui nous sépare. Deux mondes. Il me dit Geismar, Krivine, Trotskistes, Gauche Prolétarienne, Ligue Révolutionnaire, je lui réponds démocratie, Rocard, PSU...

Pourtant nos corps se sont de nouveau accordés tout à l'heure, dans sa chambre d'étudiant. J'ai aimé ses mains sur moi, ses lèvres sur ma peau. Quelque chose semblait possible. Mais les mots ont taillé dans nos chairs complices, ouvert des blessures dans nos silences. Comment lui expliquer : la disparition d'Élisabeth, mes rêves de petite fille, mon avenir en suspens ? « Petite bourgeoise ? » Oui, pourquoi pas, puisque c'est vrai, c'est ce que je suis, au fond, une tiède, une timorée, une attentiste. Le grand soir, la lutte finale, la dictature du prolétariat ? Formules toutes faites. Prêt-à-porter d'idées. Pas mon truc. Oui, mais c'est quoi, mon truc ?

Donc, on va peut-être en rester là, Yves et moi. Bien sûr, on ne se le dit pas. On dit qu'on va se revoir cet été, ou en septembre. J'aurai passé mes examens, lui aura décidé entre les chèvres et l'usine ! On en rit. Et pourtant...

Vite, je le quitte. Je dois passer rue Dauphine, vider la chambre d'Élisabeth, faire un peu de ménage, régler la logeuse. C'est la vraie raison de mon voyage à Paris, mais comment lui expliquer ? Il est tout à ses projets, les miens se sont effondrés.

— À ce soir ?

— Oui, à ce soir.

Rue Dauphine, je retrouve avec appréhension la minuscule chambre sous les toits. Chaleur oppressante. Poussière. Vite, ouvrir la fenêtre. La lumière de juillet accuse les contours des meubles, creusant le vide de la pièce. Je laisse tomber sur le lit les deux grands sacs que j'ai apportés. Ils ne seront pas nécessaires. Je craignais avant de venir qu'ils ne puissent contenir à eux seuls la vie d'Élisabeth à Paris. De cette vie, il ne reste plus rien ou presque. Les livres, les disques, les vêtements ont disparu. Disparus aussi le petit camping-gaz et le minuscule Teppaz. Par terre dans un coin, un peu de vaisselle, deux ou trois assiettes ébréchées, une casserole noircie et cabossée. Sur le bureau, plus rien. Deux ou trois papiers dans la corbeille.

J'ouvre les tiroirs. Ils sont presque vides : quelques cadavres de chaussettes dépareillées, un vieux pull, un mouchoir. La porte de la penderie résiste un peu, puis finit par céder. Sur une étagère, le chemisier que j'avais enfilé le 3 mai.

Froissé, maculé de taches brunes, il sent encore l'odeur des gaz lacrymogènes et de la fumée. Dans ce chiffon informe, il ne reste plus rien de ma sœur, du corps de ma sœur, c'est une dépouille sans vie, comme la peau froissée et inoffensive du serpent, oubliée dans l'herbe après la mue.

Quelle idiote ! Qu'avais-je imaginé ? Que j'allais retrouver un peu d'Élisabeth dans cette chambre ? Non. En partant, Élisabeth ne nous a abandonné que les rebuts de sa vie, rien ici qui parle d'elle. Elle ne nous a laissé aucune chance. Technique de la terre brûlée ! Pas de souvenirs !

Le chemisier à la main, dont il ne reste rien de la splendeur passée, je me laisse tomber sur la chaise du bureau, les larmes aux yeux, cédant soudain au chagrin, comme une enfant abandonnée.

2

Nous avons hésité à venir. L'été à La Marande sans Élisabeth, ce ne serait sans doute pas l'été. Qui a pris la décision ? Je ne sais plus. Mais nous sommes là, dans la petite maison qui nous accueille tous les étés depuis toujours, la maison de Mémé Clémence, notre maison plus que toute autre maison. J'aime ses murs gris aux pierres mal jointes, qui prennent des teintes dorées le soir sous la lumière de Charente, le jardin étroit, entouré d'un muret si peu haut que, plus qu'une frontière, il semble offrir un marchepied à l'escalade. Combien de fois l'avons-nous enjambé, Élisabeth et moi, pour rejoindre les enfants des alentours ?

Qui a pensé que déplacer notre tristesse l'éloignerait de nous ? Il n'en est rien, bien sûr, alors nous faisons semblant.

À l'arrière de la maison, j'ai étalé mes livres sur la table du repas. Je dois repasser mes examens en septembre, et je me suis lancée dans des révisions acharnées, comme si le travail pouvait me sauver.

Maman a ressorti sa vieille chaise longue au tissu délavé. Des heures entières elle lit, à l'ombre du cerisier, mais son regard parfois se perd vers le lointain bleu des arbres, vers l'entrée du terrain qui laisse deviner entre ses poternes de pierre l'amorce du chemin qui mène au bourg. Ce matin, à la fraîche, elle a biné la plate-bande devant la maison, à la recherche du moindre brin de mauvaise herbe. Tout doit être parfait. Quand elle s'est redressée, le travail fini, ce n'est pourtant pas la satisfaction qui se lisait sur son visage, mais une petite grimace de douleur. Elle s'est longuement massé le dos avant d'aller s'asseoir, les mains inertes posées sur son tablier, et elle est restée longtemps immobile.

Dès notre arrivée, Papa s'est occupé comme d'habitude des multiples réparations de la vieille maison, malmenée par l'hiver. Tuiles déplacées, volets branlants, portes grinçantes. Il cloue, il visse, il répare, il graisse les gonds, il rabote et martèle : il tue le temps. En fin d'après-midi, il rejoindra Maurice et Jacques, les voisins pour la traditionnelle partie de boules.

Tout est calme, serein, tout est tranquille. Même nos gestes sont mesurés, pour ne pas déranger les fantômes. Nous parlons peu, nous respectons nos fragilités. Nous nous frôlons sans nous heurter. Le matin, pendant que je traîne au lit pour une fausse grasse matinée, je les entends. Ma mère, première levée, chassée de son lit peut-être par l'insomnie : je l'imagine seule, à la cuisine, devant son bol de café, le visage grave, une ride de plus en plus creusée sur le front, des larmes peut-être, qui ne coulent pas, mais embrument le regard. Papa la rejoint. Ils ne parlent pas, ou si bas que de ma chambre, je ne les entends pas. Que pourraient-ils se dire qu'ils ne se seraient pas déjà dit ? Quels reproches pourraient-ils encore se faire ? Quand je me lève, ils ont repris leur masque, déjà actifs, comme si la vieille maison accaparait toute leur bienveillance, et qu'ils n'avaient d'autres soucis que de reprendre leurs rites d'été.

Je fais de même. Deux ou trois fois par semaine, je rejoins mes amis de vacances, habitants des maisons voisines. Nous nous connaissons depuis l'enfance, mais surtout, ne rien leur dire, ne rien lâcher ! « Non, Élisabeth n'est pas avec nous, elle ne viendra pas cette année, elle travaille, oui, peut-être plus tard », et nous enfourchons nos vélos, nous filons par les petites routes vers la mer. J'aime ces moments d'efforts partagés, l'appui de la plante de mes pieds sur les pédales, les mollets tendus, la sueur qui perle sur la peau, le front moite, le vent de la course dans mes cheveux. À l'arrivée, c'est bon de plonger dans l'eau toujours trop froide, puis de s'ébrouer, pour finir vautrés tous ensemble sur le sable, pour de longs débats passionnés : nous allons refaire le monde, l'avenir nous attend, nous voilà, nous arrivons avec des idées neuves, nous allons tout changer, faites la place !

Mais cette année, je parle peu, j'écoute. De toute façon, je connais le match par cœur, Catherine va se disputer avec Christian, la mêlée va devenir générale, on ne s'entendra plus, personne n'écoutera plus personne...

– Et toi, Jeanne, qu'est-ce que tu en penses ? Tu es bien silencieuse.

Je sursaute, je souris dans le vide, je suis ailleurs, avec eux et pourtant ailleurs. Mais j'ai besoin de leur chaleur, de leur enthousiasme, de leur vitalité insolente, ils ne doutent de rien, comme moi il y a quelques mois. Je m'empresse de répondre. Vite, donner le change, relancer la discussion :

– C'est bien joli, tous vos discours, mais il faut peut-être passer à l'action. Parmi les étudiants de mai, il y en a qui parlent d'aller travailler dans les usines, de rejoindre la classe ouvrière.

Catherine qui est fille de notaire s'esclaffe, Christian et Régis lui font face, soudain furieux. Ouf, me voilà tranquille pour un moment, à l'abri de leurs disputes amicales. Ils m'ont oubliée.

3

Aujourd'hui, je pars seule à vélo. « Une promenade vers la mer », ai-je lancé à mon père en partant. Je sais où je vais. Je file le long des petites routes, en évitant les villages et les villas des touristes. Les habitations se font rares. Il n'y a pas de plage de ce côté-là. Et la campagne trop plate et sans arbres n'est guère pittoresque. Un chemin de terre, puis un simple sentier qui court dans l'herbe rase et jaunie de l'été, m'y voilà : ce que nous appelons pompeusement « la falaise », un endroit interdit.

— N'allez surtout pas vers les falaises. C'est dangereux. Elles peuvent s'écrouler, et vous risquez de tomber, disaient les parents quand nous étions plus jeunes.

— Oui, oui, bien sûr, répondions-nous en chœur.

Bien sûr, pas question d'obéir. Élisabeth et moi aimions cet endroit, parce qu'il était désert, sauvage, et parce qu'il était interdit. Arrivées au bord, nous jetions nos vélos dans l'herbe et faisions face à la mer. De là-haut, elle paraissait plus violente ou plus douce, plus verte ou plus grise selon le temps, plus menaçante ou plus éblouissante sous le soleil du soir. Les couchers de soleil y étaient plus somptueux que sur le port.

Abandonnant nos vélos, nous partions marcher le long de la côte. « Ne t'approche pas trop », disait Élisabeth, mais elle-même ne pouvait s'empêcher de défier le vertige. Bras écartés, jambes dansantes, tête dressée, elle avançait au plus près du vide, riant de ma terreur.

— Regarde, je suis un oiseau de mer, je suis une mouette, je ne peux pas tomber, je vais m'envoler, le vent me portera...

Et elle courait à perdre haleine, et je courais derrière elle, malgré le vertige.

Élisabeth, au bord des falaises...

Aujourd'hui, la mer est d'un gris changeant, indécis. Le temps est à la pluie, peut-être.

Pas d'Élisabeth le long de la falaise. Je suis seule. Pourtant j'ai respecté les rites, j'ai emprunté le sentier perdu dans l'herbe sèche, j'ai jeté mon vélo au sol, sans souci de l'abîmer, je me suis approchée du bord. Je voudrais courir comme autrefois à la poursuite de ma sœur, Élisabeth, au bord des falaises. Où est-elle aujourd'hui ? Au bord de quel gouffre court-elle ? Dans quelle ville inconnue ? A-t-elle trouvé ce qu'elle cherchait ? Est-elle heureuse ? Partir loin de nous, était-ce pour elle une autre façon de braver le danger ?

Ce matin, au bord de la falaise, même son fantôme est absent. Les mouettes, les vraies, s'agitent au loin au-dessus des vagues sombres. Je reste longtemps immobile, à regarder la mer. Puis je reprends mon vélo, et je regagne lentement la maison.

4

Dans notre obsession de « faire comme si », « comme si de rien n'était », « comme si Élisabeth n'avait pas disparu », nous avons repris peu à peu nos habitudes. Ce dimanche-là, comme tous les étés, c'était marché aux puces à F... L'occasion de se promener, de rencontrer du monde, d'aller tous les quatre au restaurant. Avant. Nous avons donc fait « comme avant », « comme d'habitude ».

Les parents sont partis de leur côté, entraînés par des amis de rencontre, et moi je déambule dans la foule, l'œil et l'esprit dans le vague. Un marché aux puces, c'est toujours un peu la même chose. On y part avec enthousiasme, on sent que cette fois, ce sera la bonne. On dénichera l'objet rare, unique.

Mais à mesure que j'avance dans les travées, devant le fatras, l'entassement, l'étalage hétéroclite, verres dépareillés de faux cristal, hideux pichet en faïence soi-disant « du pays », poupées au regard figé, vêtements froissés, accrochés sur des cintres comme des pendus, le découragement me prend. C'est comme si toutes ces choses avaient été rejetées par une marée. Dans ces allées bruyantes et colorées, c'est la mort qui rôde.

J'ai beau toucher, palper, aucune chaleur !

— Alors, vous le prenez ? Je vous fais un prix.

Non, je ne peux pas. Autant monnayer des cadavres.

Je continue pourtant. Je sais d'avance ce qui va arriver. Je vais acheter quelques bouquins, livres de poche à peine feuilletés, Fleuve Noir encore vaillants, gros pavés jamais ouverts. Pour ne pas rentrer les mains vides.

Ce jour-là, je suis tombée sur une femme qui vendait des photos. Pas de tirage couleur. Seulement du noir et blanc, ce que je préfère. Elle les avait étalées devant elle, au risque d'un coup de vent imprévu. J'ai reconnu quelques Doisneau, Willy

Ronis, ou Izis peut-être. Des photos inconnues aussi, vieilles photos rescapées d'un déménagement. C'était comme un album de famille, on s'y reconnaissait presque. Au fond, cela aurait pu être nous, ces enfants courant dans un pré, ou perchés sur une charrette de foin, ces bébés en barboteuse, ces jeunes femmes rieuses, marchant bras dessus bras dessous.

J'ai demandé :

– Je peux regarder ?

La femme s'est approchée.

– Bien sûr. 50 centimes la photo. Mais si vous en prenez 10 ou plus, je vous fais un prix.

Curieusement, ces photos un peu jaunies, cornées, ne sentaient pas la mort. Elles étaient encore pleines de la vie qu'elles avaient saisie dans l'instant. Cette vie, elles l'avaient captée, volée peut-être, emmagasinée, et elle palpitait encore dans les regards, les visages, on sentait encore l'élan des corps en marche. Arrêt sur image, mais ça allait repartir, ça allait vivre. J'ai acheté tout le lot.

De retour à la maison, j'ai étalé mon trésor sur le lit. Qu'allais-je faire de tout cela ? De tous ces inconnus ? J'avais l'impression d'une chute brutale après un moment d'ivresse. Qu'est-ce qui m'avait pris ?

Et puis, je l'ai vue. Cette photo-là, je l'ai vue. Un gros plan sur une femme et un enfant. De la femme au premier plan, on ne voit que la chevelure, épaisse et souple, châtain peut-être, le noir et blanc ne permet pas de décider, partagée au milieu par une raie parfaite, rectiligne. On ne voit pas son visage. Elle tient l'enfant dans ses bras et l'élève haut. Pour le regarder ? Pour le montrer ? Le regard de l'enfant passe au-dessus de la tête de la femme, il regarde l'objectif, il regarde le photographe, il me regarde. C'est une petite fille, et un instant, je crois reconnaître Élisabeth.

Par la suite, partout, souvent, j'ai cru voir Élisabeth. De loin, de l'autre côté de la rue, de dos, de profil, un instant, c'était elle, et puis la silhouette entrevue se retournait, et l'illusion s'évanouissait. C'était sa robe pourtant, ou sa veste militaire délavée... Et cette baigneuse qui revenait du large d'un crawl énergique ? Mais non, pas elle. Jamais.

Je n'étais pas la seule à vivre cette sorte d'obsession. Maman aussi, qui rentra un jour du marché bouleversée, sûre d'avoir aperçu sa fille aînée filant rapide d'un étal à l'autre, cherchant à fuir, à se cacher. « Cela lui ressemblait tellement, nous dit-elle, mais elle s'est perdue dans la foule, je n'ai pas réussi à la rattraper. » Et par la suite, cet été-là, les jours de marché, elle partait ainsi à la rencontre improbable d'une jeune fille trop blonde, tellement différente des autres, si unique, que personne, elle en était persuadée, ne pouvait lui ressembler.

Nous avons commencé à comprendre que notre calvaire n'aurait pas de fin. Le temps n'arrangerait rien, n'userait jamais le souvenir de cette silhouette élancée, de cette blondeur, de ces yeux clairs dans ce visage mince, de cette vivacité dans la démarche, comme si la danse habitait le corps d'Élisabeth, pour toujours en mouvement, vivante.

Absente, disparue, Élisabeth envahirait nos vies, obséderait nos pensées, plus présente que lorsqu'elle vivait parmi nous. Son fantôme nous accompagnerait, nous ferait pour toujours reproche.

Petit à petit, nous sommes sortis du silence et de nos rancunes. Le soir, la table de la terrasse une fois rangée après notre dîner, nous avons pris l'habitude de nous retrouver là tous les trois, autour du halo doré de la lampe. Il fallait bien s'habituer à ce chiffre. Trois et non quatre. La place d'Élisabeth restait libre, personne ne s'était risqué à l'occuper. Papa avait ressorti sa pipe, abandonnée depuis des mois sous la pression familiale : « Tu nous empestes, tu t'abîmes la santé », et personne ne songeait à lui en faire la remarque. Maman tricotait vaguement, ou cousait, sans conviction et moi, un livre à la main, je rêvassais. Autour de nous, la nuit d'août bruissait de mille bruits rassurants, ceux des petites bêtes de l'ombre, des criquets bavards, des chouettes lointaines...

Je crois que c'est mon père qui le premier a posé la question :

— Où peut-elle bien se trouver en ce moment ?

Le silence s'est creusé soudain, avant que ma mère n'ajoute :

— Où a-t-elle bien pu partir, sans argent ?

Ces questions n'attendaient pas de réponse. Peut-être est-ce le ciel que nous interrogions ?

Ainsi, quand le temps le permettait, tous les soirs de cet été-là, nous avons veillé dans la nuit. Le ciel d'août illuminé d'étoiles au-dessus de nos têtes nous servait de carte, comme si nous cherchions dans les astres quel voyage avait pu faire Élisabeth, dans quelle ville elle avait pu se réfugier, où l'avait menée son exploration vers les lieux de sa première enfance et de son abandon. Avait-elle essayé de retrouver la maternité où elle était née ? Était-elle revenue dans le 14ème arrondissement à Paris où peut-être elle avait vécu avec sa mère de naissance ? Avait-elle retrouvé trace de l'orphelinat qui l'avait accueillie avant son adoption ? Avait-elle retrouvé le paysage de la carte postale ?

Mon père espérait qu'elle vivait toujours à Paris. Là-bas, elle aurait pu trouver facilement un travail. Elle pourrait être vendeuse. « Elle est jeune et jolie, et elle présente bien... Oui, c'est ça, vendeuse, dans une librairie peut-être. Il faudrait voir si on ne l'a pas vue dans une librairie, elle qui aime tellement les livres. Ou une bibliothèque ? Elle pourrait aussi faire du baby-sitting... »

Et nos pensées s'envolaient vers une Élisabeth inconnue, qui aurait trouvé un travail dans une librairie, une bibliothèque, ou qui ferait du baby-sitting... Questions inutiles, quête dérisoire. Mais que pouvions-nous faire d'autre pour l'accompagner ?

5

Étaient-ce les photos achetées au marché aux puces ? Était-ce la lassitude que j'éprouvais un peu plus tous les jours à envisager mon avenir ? Où pouvaient me mener mes études ? Une licence de lettres entamée, pas terminée, quelques cours suivis au Centre Médiéval et qui me passionnaient, des études d'art en pointillé ? Indécision, amateurisme...

Un jour, j'ai eu envie de refaire des photos. Pourtant, elles nous avaient trahis en ouvrant une brèche dans le passé d'Élisabeth et dans le nôtre. Mais c'était plus fort que moi.

J'ai toujours aimé prendre des photos. Petite, je possédais un appareil étrange, une boîte de bakélite noire, cube parfait, hermétique et mystérieux, qu'il fallait poser sur le ventre pour photographier. Une lentille sur le dessus servait de viseur, et on ne savait pas toujours précisément quelle image on avait saisie. Je le découvrais quand le photographe me rendait le résultat de mon travail, et son air dubitatif me renseignait hélas à l'avance sur la qualité artistique de mes œuvres. Femmes sans tête, enfants sans pieds, photos mal cadrées (Ah ! la puissance suggestive du hors champ !). Pourtant, je ne me suis jamais lassée. Les adultes regardaient mes photos avec une sorte d'ironie tendre, on respectait ma manie, on s'enthousiasmait... Élisabeth retenait ses critiques : « Si ça amusait la petite ! »

Depuis, je me suis modernisée. Pour mes quinze ans, la famille s'était cotisée pour me payer un vrai bijou, un Pentax. J'aimais photographier les gens, les membres de ma famille bien sûr, mais aussi les inconnus dans la rue. Un visage, un geste, un sourire furtif, tout m'intéressait. Je ne prévenais pas quand j'allais appuyer sur le déclencheur, je ne voulais pas que l'on pose, et tant pis si c'était raté.

— Tu me ruines en pellicule, se plaignait mon père.

Mais à force de me voir l'œil derrière l'objectif, on finissait par ne plus faire attention à moi. Cela me ravissait. J'avais l'impression d'être un reporter en mission secrète, invisible.

Quand je suis partie à la Fac à Poitiers, ma manie s'est un peu calmée. Trop de travail, trop de copains, trop de fêtes et de réunions tardives dans les cafés. J'ai pourtant continué à prendre des photos dans les bars, de mes amis ou d'inconnus en pleine discussion dans la fumée des cigarettes, ou dans les rues la nuit, quand les piétons attardés deviennent des silhouettes floues et anonymes, mal éclairées par des lampadaires avares en lumière.

Cet été-là, l'été 68, j'ai ressorti mon appareil et je suis partie dans la campagne alentour, seule. Il faut être seul, pour prendre des photos. Rien, pas d'obstacle entre votre regard et le monde. Une certaine nonchalance de la pensée, et pourtant, l'attention vive du chasseur.

Au bout de quelques jours, j'ai voulu voir le résultat de mon travail. Les images une fois développées, le résultat m'a surprise : champs vides ; prés déserts ; grands ciels meublés seulement de quelques nuages égarés ; vieux murs, peut-être une maison de vigne au loin ; la mer au large, vue du haut des rochers ; quelques gros plans sur des herbes échevelées par le vent, sur des haies échappées au remembrement, sur des arbres seuls au milieu du décor, un pin parasol insolite, un chêne en contre-jour, en ombre chinoise...

Je considérais rêveusement mes « œuvres » étalées sur mon lit. Je ne savais pas trop ce qu'elles valaient, mais elles me plaisaient. Une piste s'ouvrait. J'ai continué.

6

Fin août, j'ai rejoint Yves en Lozère. Il était parti là-bas retrouver un cousin lointain qui avait hérité d'une petite maison, une ancienne ferme, et qui élevait des chèvres depuis déjà quelques mois et tentait de créer autour de lui une communauté comme on commençait à en voir un peu partout, après ce mai 68 moitié réussi, moitié raté, mais qui se prolongeait dans les rêves et les projets d'avenir. Yves avait donc renoncé à l'usine ! Va pour les chèvres !

Je voulais lui montrer mes photos, il voulait me convaincre de rejoindre la communauté naissante. « Viens faire un reportage ici, avait-il plaisanté dans une lettre, tu pourrais entamer une carrière de journaliste ! » Cette idée m'avait plu. J'ai toujours aimé écrire et je me voyais bien passer ma vie armée d'un appareil photo et d'un stylo. Moi aussi, j'avais mes rêves.

La première rencontre avec la Lozère m'a éblouie. La lumière là-bas était violente, tranchante, et mes photos devaient négocier avec elle, tricher, ne jamais l'aborder de front, éviter le grand midi, pour chercher à atténuer sa cruauté et sa précision, et échapper à la trahison de la surexposition.

J'attendais le soir, quand les ombres rasantes soulignaient de mauve les reliefs. Pendant ces quelques semaines passées là-bas, j'ai aussi appris à me lever tôt, pour tenter de capter la douceur dorée des levers de soleil. J'ai essayé la couleur, le noir et blanc. Loin de la lumière de Charente, je me mesurais à plus fort que moi.

La maison du cousin, toute de pierres grises, se tassait au fond d'une petite combe, minuscule et dérisoire dans un paysage de collines presque sans arbre. À mon arrivée, Yves qui était venu me chercher à la gare de Mende, avait arrêté la 4 L fatiguée et qui sentait la paille ou le foin, je n'aurais pas su dire, en haut de la côte qui dominait la maison. Un chemin caillouteux y menait, et finissait là, on n'aurait pu aller plus loin ni traverser, continuer sa route, c'était le bout.

Jean-Pierre, le cousin, dit Gipi, et Marion et Fred, les deux autres membres de ce qu'ils appelaient « la communauté » nous attendaient. Gipi a tendu le bras pour délimiter le domaine, comme s'il s'était agi d'un royaume occupé en son centre exact d'un palais merveilleux :

— Chez nous, dit-il. Tout cela, c'est chez nous. Chez toi, si tu veux. Évidemment, il y a un peu de travail !

Visiblement, personne n'avait peur du travail. La réparation du toit était presque terminée, et les garçons avaient attaqué l'aménagement des combles pour que chacun trouve sa place. Marion et moi nous sommes mises aux joints des murs extérieurs. Nous n'avions aucune expérience, aucune technique. Je nous revois, perchées chacune sur une échelle, tenter de colmater les brèches entre les pierres inégales, le mortier nous coulait dessus, c'était sale et maladroit, il fallait descendre, remonter, c'était épuisant, mais lorsqu'on prenait du recul pour mesurer notre œuvre, de loin, ça donnait quelque chose de brut, de rustique. C'est ce qu'on disait en riant : « Ça fait rustique ! »

Nous nous retrouvions, fatigués, pour des repas simples où tout le monde mettait la main à la pâte. C'était la règle, les tours de corvées étaient affichés sur le frigo.

Tous avaient réussi à me communiquer leur enthousiasme et avec la complicité de l'été, nous avons formé là une communauté joyeuse, et nous nous amusions beaucoup. Comme eux, je ne voulais pas voir que l'unique cheminée était le seul moyen de chauffage, pas voir les hangars de guingois, pas du tout prêts pour recevoir un troupeau de chèvres, l'énorme tas de bûches qu'il allait falloir couper et mettre à sécher à l'abri, pas penser que le troupeau de chèvres se réduisait pour l'instant à une douzaine de bêtes que nous conduisions à tour de rôle le long des chemins voisins pour qu'elles broutent l'herbe du talus, que le fromage ne se fait pas tout seul, et que personne, à part peut-être Gipi, ne savait faire, penser à l'hiver qui allait venir, et qui peut être froid dans cette région, pas écouter les paysans du coin qui répétaient qu'ici, on avait toujours élevé des brebis et des vaches, et pas des chèvres, pas imaginer la route ravinée par les pluies ou enneigée en hiver, pas prévoir que le potager qui nourrissait tout le monde en septembre allait s'ensommeiller pour la saison froide, pas voir, pas penser, pas réfléchir. Nous étions dans l'action, l'élan, nous prenions notre essor, et pas un de nous n'aurait émis le premier un doute, une inquiétude, surtout ne pas rompre le charme, l'énergie qui nous portait, nous soulevait. Nous allions créer un monde meilleur, une utopie chaleureuse et bienveillante, un rêve partagé, c'était l'été, jusque-là tout allait bien...

7

Avant mon départ, fin septembre, Yves et moi avons décidé de marcher jusqu'en haut du Mont Lozère. On le voit de si loin qu'il est comme une barre dans le paysage, en tout cas un but à atteindre, un bout du monde à conquérir. C'est là, paraît-il, que le Tarn prend sa source. Ça me faisait rêver.

Nous sommes partis tôt le matin, en voiture. L'idée, c'était de se rapprocher, avant la montée à pied. Mais plus on avançait, plus la montagne s'éloignait, ou du moins restait loin de nous, elle se refusait, elle se moquait de nous, de la vieille 4L impuissante dans la montée. Parfois même, quand le point de vue avait changé après un virage, on se demandait si on n'était pas en train de tourner autour. Enfin, on est arrivé à une sorte de parking en terre battue, au milieu d'un plateau où des blocs de granit gris ne bornaient que la solitude et le vide. Il fallait finir à pied. La montée, facile au début, devenait parfois plus rude. On s'efforçait, on tendait ses muscles, on se fatiguait, on respirait plus fort, on cherchait son souffle. Et le sommet, toujours se refusait, une côte, un virage, un bois, non, ce n'était pas encore là, le sentier disparaissait dans l'herbe rase, on était toujours aussi loin, on n'avançait pas.

Enfin, on trouva le haut, pas vraiment un sommet, plutôt une sorte de belvédère, ouvert sur le paysage. On trouva le vent, qui libre de tout obstacle, lâchait sa force brutale dans des bourrasques sifflantes, des élans glacés qui arrivaient en pleine face, tournoyaient dans les cheveux, emplissaient le nez, la bouche, les oreilles. Vaincus, on ouvrait grand les lèvres, on desserrait les dents, on offrait sa gorge, pour se remplir de cet air sauvage et neuf, qui venait du bout du monde et ne ferait que passer. On n'entendait plus rien, on ne sentait plus rien, la peau anesthésiée, le corps anéanti, on n'était plus rien, qu'un animal apeuré qui cherchait son air.

Yves m'a pris la main. Il souriait dans la bourrasque, les yeux fermés. Oui, à nous deux, nous ferions le poids, face à ce vent qui voulait nous abattre.

Ce jour-là, le jour du Mont Lozère, j'avais emporté mon appareil photo dans mon sac à dos. Pendant la montée, trop portée par le désir d'arriver, je n'avais pas songé à le sortir. La marche vide la tête des pensées parasites. On est tout à ce qu'on fait, le regard qui anticipe, estime l'endroit du prochain pas, le pied qui hésite, cherche sa place entre les cailloux du chemin, la jambe qui se tend et hisse le corps. On a pour horizon le dos de celui qui précède, le talus qu'on longe pesamment. Nous avions traversé un plateau pierreux, granuleux et gris, presque sans arbre, et presque sans herbe, où rien ne faisait carte postale typique. Le paysage au loin devenait un personnage secondaire qu'on regardait à peine.

J'avais pensé : là-haut, je prendrai le temps, je prendrai des photos. Et voilà que là-haut, dans la surprise violente du vent venu d'un large qui n'était pas la mer, dans la joie primaire de naître au monde, de chercher son air et de le trouver, de s'en remplir nez, gorge, poumons et ventre, d'élargir côtes et diaphragme, mon appareil devenait inutile. Comment photographier le vent ?

Alors, j'ai fermé les yeux, j'ai laissé le courant d'air m'envelopper, me tourner autour, me dépasser, j'ai lâché la main d'Yves et j'ai déployé mes bras dans un grand désir d'ailes et de vol, j'ai emmagasiné frôlements, frissons, bousculades, j'ai tout pris.

Je le sais : un autre jour, ailleurs, dans un autre pays peut-être, un autre bout du monde, je sortirai mon appareil pour photographier un autre paysage, et tout cela apparaîtra sur la photo, quelque chose que je n'aurai pas vu, mais qui était là sans que je le sache, et qui viendra de loin...

En descendant, j'ai pris le temps de quelques clichés. Des pierres dressées, debout comme des stèles préhistoriques, quelques ruines de maisons, peut-être une bergerie au creux d'une combe, des arbres isolés, ou rangés en ligne le long du chemin. Le vent nous avait suivis, son souffle puissant s'était adouci, mais ne nous lâchait pas. Il glissait le long des talus, s'accrochait à la silhouette martyrisée d'un arbre solitaire, sifflait entre deux sentinelles rocheuses. Et même invisible, il serait là, sur mes photos, pour qui saurait le voir.

8

Pour les plongeurs qui remontent trop vite des profondeurs, on a les mots : accident de décompression. Les militaires ont l'embarras du choix : déflagration, explosion, désintégration, et les médecins parlent de commotion, de sidération.

Mais pour ceux qui redescendent trop vite des sommets, les montagnards qu'un incident oblige à brûler les étapes, ignorer les camps de base, glisser sans s'arrêter sur les pentes trop abruptes, existe-t-il un mot pour qualifier le retour au réel ?

Je ne sais pas, mais seul ce mot pourrait qualifier ce qui s'est passé en ce début d'automne 68, alors que j'étais rentrée de Lozère pour repasser mes examens. Je planais encore haut dans le ciel du Mont Lozère. J'avais enfin trouvé un but à ma vie, vivre là-haut, une vie simple, au plus près de la nature. Mais les parents avaient été fermes : il fallait assurer les études avant de partir on ne sait où, avec on ne sait qui, des écervelés qui croyaient qu'on peut changer le monde... Il n'y avait rien à négocier. J'étais rentrée à Poitiers et la seconde lettre d'Élisabeth me trouva en pleine révision.

Une longue lettre, mais à force de la relire, je la connais presque par cœur.

9

Ma chère Jeanne,

Cinq mois que je n'ai plus donné de nouvelles. Je pense souvent à la peine que je dois vous faire à tous. À toi surtout, qui n'es pour rien dans cette histoire.

Si je t'écris aujourd'hui, ce n'est pas pour me justifier. Pour me débarrasser d'un quelconque sentiment de culpabilité. Je me sens coupable, oui, mais je l'assume. J'ai choisi une route imprévue. Je ne sais pas où elle va me mener ni même si elle me ramènera vers vous, ma famille d'emprunt. J'ai décidé de partir à la recherche de ma vraie mère, j'ai besoin de comprendre, de savoir aussi qui était mon père, savoir de qui je tiens cette blondeur, ces yeux bleus. Je suis née en 1943, dans la France occupée : tout est possible, tout est envisageable.

Depuis le mois de mai, j'ai changé de ville, j'ai changé de vie. Ne vous inquiétez pas, je ne manque de rien. J'ai un travail, un logement. Et je cherche, je creuse, je remonte vers le passé, vers une source inconnue. Je me heurte à des portes fermées, à des silences. Qu'importe. Je dois continuer.

Mais il y a une autre raison à cette lettre.

Il y a deux ans, j'ai retrouvé à Paris un garçon. Te souviens-tu de Philippe ? Je crois que je suis tombée amoureuse de lui au mariage de Marie-Christine. Mais nous étions si jeunes ! Nous avons beaucoup dansé ensemble, cette nuit-là, beaucoup parlé. De notre avenir, de nos projets. Il a trouvé formidable que je veuille poursuivre des études d'Histoire, je me suis enthousiasmée à l'idée qu'il entame une carrière de musicien, pourquoi pas de soliste ? Dans une des pièces de l'hôtel où avait lieu le mariage, nous avons découvert un vieux piano qui devait servir quelquefois à animer des soirées. Je lui ai demandé : « Joue, joue pour moi, s'il te plaît. » Il était un peu éméché, il a enchaîné les morceaux, Mozart et Gershwin, Au clair de la lune et le début de la cinquième de Beethoven, et des morceaux que je ne connaissais pas. Le piano, désaccordé, jouait faux. On s'en fichait.

Nous étions seuls dans ce salon désert et poussiéreux, et c'était délicieux.

Et puis ? Et puis, rien. Pas de lettre, pas de coup de téléphone. Nous nous sommes quittés comme ça. Rencontre de hasard sans lendemain, sans promesse. Juste un baiser furtif échangé.

Il y a un an, je l'ai retrouvé par hasard à Paris. Une copine, Solange, m'avait invitée à sa soirée d'anniversaire. Il était là. Malgré l'opposition de sa famille, il poursuivait son rêve de musique. Il suivait des cours au Conservatoire National Supérieur de Paris, il rêvait d'être l'élève de Nadia Boulanger, il travaillait comme un fou. « Il faut que je prouve à mon père que je vaux quelque chose, répétait-il sans cesse ». Je crois qu'en fait il était très seul, seul dans ses rêves, seul dans sa vie. Il n'y avait que la musique. Mais je l'ai compris trop tard.

Nous nous sommes revus, et notre histoire a commencé là, entre le Conservatoire et la Sorbonne. Sa famille avait enfin décidé de l'aider dans sa vocation. Il travaillait pour passer des concours, moi je travaillais à ma thèse avec passion.

Nous étions heureux, nos rêves étaient tout près.

Mais un grain de sable est venu enrayer cette splendide mécanique du bonheur. Je nous croyais invincibles. Nous étions seulement inconscients.

Voilà. J'ai une chose très difficile à te dire, une chose grave. Une chose qui a ajouté encore à mon désarroi. À Noël, je venais de perdre en quelque sorte des parents, découvrir que j'avais laissé quelque part dans le passé une mère, et voilà que quelques mois plus tard, j'allais moi-même devenir mère. Tu as bien lu. J'étais enceinte. Je m'en suis rendu compte au mois de mars. En parler à Philippe ? Vous en parler ? Cet enfant imprévu, que dans notre inconscience nous n'avions même pas envisagé, c'était une tempête. Il n'entrait pas dans notre programme. Il ne pouvait pas exister, c'était impossible. Nier l'évidence : je savais très bien faire après tout !

Au bout de quelques semaines de doutes, d'angoisse, je me suis décidée à en parler à Philippe. Il nous fallait trouver ensemble le moyen de nous sortir de ce piège. Mais aller où ? Faire comment ? Avec quel argent ? J'avais très peur de sa réaction. Sa vocation, c'était la musique. Pas la vie de famille. J'étais en pleine panique. Cet enfant, je n'en voulais pas. J'avais l'impression de vivre un cauchemar. Une injustice.

Sa réaction a été d'une telle violence que j'ai du mal encore, des mois après, à y mettre des mots. Il est parti. Comme ça, du jour au lendemain, comme si cet enfant ne le concernait pas. Oui, il a pris la fuite.

Tu comprends maintenant les raisons de mon silence ? Et de ma disparition. Je suis restée prostrée, laissant passer les jours, puis les semaines. À force d'hésiter, il a été bientôt trop tard pour « faire passer » l'enfant, comme on dit. J'ai eu peur que la logeuse ne se rende compte de quelque chose, qu'elle vous prévienne. Je suis partie. De toute façon, mon année universitaire était fichue. Et j'ai décidé de ne rien faire, de laisser le cours des choses se dérouler jusqu'au bout. Je m'étais renseignée. Je pouvais accoucher sous X et réapparaître toute neuve, toute pimpante, l'année suivante : « Coucou ! Me revoilà. C'est moi... Où étais-tu ? Partie te promener ? Voyager ? Ah! comme c'est romantique ! C'est bien, à ton âge, de faire des expériences. »

En fait, j'avais trouvé un petit boulot de vendeuse, et ma solitude était totale. Comme tu me manquais, Jeanne ! J'aurais dû avoir le courage de demander ton aide, celle des parents.

Chaque jour, j'allais marcher le long du fleuve. J'allais, errante, passante parmi les passants. De loin, on aurait pu me prendre pour une promeneuse sans bagage, sans soucis, sans remarquer mes yeux baissés, bien loin du paysage splendide des quais de Seine.

Je marchais pour me donner l'illusion d'avancer, mais toujours à un moment, la fatigue me prenait, mon corps trop plein de l'enfant devenait trop lourd, ou le soir arrivait, ou la pluie, et il me fallait revenir sur mes pas, revenir en arrière. Et si c'était cela, mon destin, revenir en arrière ? Revenir vers vous, ma famille, en fille raisonnable et aimante. Quelques mois d'absence, un peu de cruauté, et pour finir, l'accueil des siens, le banquet du retour, les étreintes, l'oubli, le pardon. Tout en marchant le long du fleuve, j'essayais de penser à vous, à votre peine, à vos larmes, mais je n'y arrivais pas.

Alors ? Revenir encore plus loin en arrière, un temps inconnu où même les larmes et les souvenirs sont absents, vers un temps sans image où ne resterait que ce que je ne peux même pas nommer, un brouillard de chagrin, l'absence d'une mère ?

J'avais repris mes errances sans but. L'enfant pesait dans mon ventre, de plus en plus lourd. Il ralentissait mes pas, contraignait mes gestes, encombrait mes nuits et mes jours. J'avais l'impression d'être obèse, que bientôt je ne passerais plus dans les portes, les escaliers, que ce ventre énorme allait m'emporter, c'était un cauchemar... Je m'enlaidissais à vue d'œil, peau blême et molle, cernes grisâtres, cheveux flasques. Ne plus me regarder dans une glace. Non, je ne veux pas. Cette chose dans mon ventre, je la haïssais, je la voulais absente, abolie, niée, je la voulais morte, qu'elle s'éteigne toute seule avant de naître, qu'elle sente que je ne voulais pas d'elle, que personne ne l'attendait.

C'était une chute sans fin où je m'arc-boutais de toutes mes forces, muscles, orteils et cuisses tendus, pour résister, empêcher la catastrophe, freiner le désastre.

Un matin où je marchais sur les quais, au plus près de la berge, le vertige m'a saisie. Tuer cet animal dévorant logé en moi, l'étouffer, l'étrangler de mes propres mains, sauter à l'eau et le noyer, définitivement. Je comprenais les assassins, ils ont sûrement de bonnes raisons.

Je me suis souvenue de mes promenades avec toi, Jeanne, nos promenades interdites au bord de la falaise, ce goût violent du vertige, ma légèreté, j'étais tellement sûre, alors, de ne pas tomber, j'aurais pu m'envoler. Je me suis avancée tout au bord, au plus près de l'eau, noire comme une peau de requin, il suffisait d'un tout petit pas... Et puis, j'ai reculé, j'ai retrouvé la grâce des équilibristes, qui protège de la chute.

En septembre, la décision était prise. J'allais accoucher sous X. Je ne serais pas une criminelle, juste une mauvaise mère. J'avais tout organisé dans ma tête, tout prévu. Cette fois pas de place à l'impro. Assez joué. J'avais choisi l'hôpital où je voulais accoucher, dans un quartier où personne ne me connaissait. De toute façon, j'étais devenue une ombre. Et après, je disparaîtrais. Je reprendrais le cours de ma vie. Ou plutôt, je reprendrais le cours de mes obsessions, retrouver ma mère de naissance. Je ferais comme si rien ne s'était passé. C'était simple ! Enfin je le croyais. Tout s'est passé comme prévu jusqu'à la naissance.

Il y a une semaine, j'ai mis au monde un petit garçon, un petit être adorable et fragile. Des yeux bleus comme les miens, des cheveux châtains comme ceux de Philippe, un air un peu étonné. On m'a proposé de le prendre dans mes bras. J'aurais dû refuser.

La vérité m'a sauté au visage, avec le visage confiant de cet enfant levé vers moi.

Il m'avait fallu des mois, ces mois de gestation lente et secrète, des mois pour aboutir à ça : j'étais en train de refaire la route que ma mère biologique avait parcourue. J'étais en train de faire comme elle, abandonner mon enfant à des mains étrangères, parce que le destin, parce que l'imprudence, parce que la bêtise, les éternels rêves d'amour d'une gamine écervelée, parce que je n'avais rien prévu, rien imaginé, rien maîtrisé. Je m'étais contentée de me glisser dans le fil du courant de la vie. De me laisser porter.

Cet enfant, je ne pouvais lui refaire ce qu'on m'avait fait. Je ne pouvais non plus renoncer à mon projet : partir, vous quitter, retrouver celle qui m'avait volé ma vie, ma mère, ou au moins savoir, comprendre.

Si je t'écris... Enfin voilà, j'ai une chose très difficile à te demander. Une chose peut-être qui te paraîtra impossible, que tu refuseras d'abord.

La seule solution que j'ai trouvée, c'est la fuite. Cet enfant, je te le confie, à toi d'abord, et aux parents. Ils ont déjà adopté une fille il y a 25 ans, pourquoi pas un petit-fils ? Je suis trop lâche pour l'abandonner, je suis encore plus lâche de te faire cette demande. Mais tu as toujours été tellement plus forte que moi, même si je t'ai fait souvent croire le contraire.

Voilà, je vais partir, quitter la maternité. J'ai fait mon petit bagage et ce matin, je serai loin.

Je vais embrasser mon fils avant de partir et poster cette lettre. Dites-lui la vérité. Il s'appelle Julien.

Pardon pour tout le mal que je vous fais. Je ne sais pas faire autrement.

Elisabeth

10

J'ai posé la lettre. Bizarrement, je ne ressentais rien. Juste un petit décalage, un léger couac, comme si quelque chose venait de se désaccorder, comme si tout devenait faux, dissonant.

J'ai relu la lettre, calmement. Du moins, j'ai essayé, j'avais dû mal comprendre, mais non, c'était bien cela, Élisabeth me livrait tout, d'un coup, sa vie depuis des mois, son aventure avec Philippe et sa trahison, la naissance d'un enfant, sa décision de l'abandonner, de partir, de rechercher cette mère inconnue, et de nous laisser nous débrouiller avec ça, l'enfant, comme un paquet, si elle l'avait pu, elle nous l'aurait envoyé par la poste avec la lettre, comme ça pas de remords, pas de coupable... Non, c'était trop facile. Pourquoi ne l'avait-elle pas abandonné, cet enfant, comme avait fait sa mère ? Nous n'aurions rien su, nous serions restés dans l'ignorance, le non-dit, et ça, nous savions très bien faire dans la famille, ça nous allait très bien, de ne pas savoir, de feindre de croire qu'on ne savait pas. Depuis six mois, nous avions réussi à retrouver un semblant d'équilibre, nous ne savions rien d'Élisabeth, mais on s'était presque habitué, pas de nouvelles, pas de mauvaises nouvelles, encéphalogramme plat !

J'avais besoin d'air, soudain, comme si j'avais arrêté de respirer. J'ai ouvert la fenêtre, et j'ai grimpé comme j'en avais l'habitude sur le large rebord, « mon balcon », comme je l'appelais pompeusement, je me suis assise dos au mur, j'avais besoin de sentir quelque chose de solide derrière moi, les jambes allongées. Ainsi perchée, j'avais la tête presque dans les branches de l'érable de la maison voisine. C'était déjà l'automne. L'arbre avait mis son feuillage d'or, il vibrait de beauté comme une lampe douce dans le soir qui tombait. Mais ça ne m'a pas calmée.

Soudain, je l'ai entendue, au fond de ma tête, Élisabeth. Je l'ai entendue, comme je l'ai toujours entendue. J'ai cinq ans, sur le chemin de l'école où elle m'emmène, ma main dans la sienne, et elle répète, fais-le Jeanne, ma petite Jeanne, tu le feras pour moi, dis-moi que tu ne diras rien, ça tourne comme un manège, dis-moi que tu ne diras rien, c'est juste un petit mensonge, Jeanne, c'est facile, juste ne rien dire, ma Jeannette... J'ai huit ans, sa main a lâché la mienne, mais pas besoin, je suis liée à elle, ligotée, fais-le Jeannette, tu le feras, dis que tu le feras, tu le feras pour moi, n'est-ce pas ?, et le fil invisible se tend, de la grande sœur qui commande à la petite sœur, j'ai onze ans, elle a glissé un papier dans ma poche, j'ai une mission, apporter ce bout de papier à un garçon que je ne connais même pas, tu le feras, c'est très important, tu sais, fais-le pour moi, s'il te plaît, tu le feras, n'est-ce pas, Jeanne, j'ai treize ans, j'ai quinze ans... Toujours, j'ai fait ce qu'elle me demandait, tu le feras, Jeanne, et je le faisais, et aujourd'hui, j'ai cinq ans, j'ai huit ans, onze ans, ma main tremble dans la sienne, la main de la petite sœur dans la main de la grande sœur, au bout du fil tendu.

Comment ai-je pu oublier cette Élisabeth-là, impérieuse, et moi, si docile ?

Mais pas cette fois. Non. J'allais dire non, refuser. Que croyait-elle ? Que j'allais accepter, que j'allais tout sacrifier pour elle parce c'était ma sœur et que je l'aimais, parce que nous étions coupables de l'avoir trahie pendant toutes ces années ? Je venais d'avoir vingt et un ans, j'avais des projets, des rêves, une vie à vivre, la mienne, pas la sienne. Comment pouvait-elle me demander une chose pareille ? Tout ça était de sa faute. Elle avait fui il y a des mois, et elle fuyait encore. Sa mère biologique lui avait volé sa vie, écrivait-elle. Ce n'était pas une raison pour me voler la mienne.

J'ai sauté de mon perchoir, debout soudain, pleine de ce non qui montait en moi. Non, je ne voulais pas de l'enfant d'Élisabeth, ce n'était pas dans le programme, qu'elle se débrouille ! J'ai jeté la lettre sur le bureau, j'ai enfilé un manteau, des bottes, et je suis allée marcher dans les feuilles mortes. Ah ! Elles étaient bien de saison, celles-là. Feuilles mortes, saison morte. J'ai marché rageusement jusqu'au parc de Blossac, jusqu'à l'automne splendide des platanes, jusqu'au feu rougeoyant des chênes américains, j'ai piétiné leurs feuilles, piétiné Élisabeth, et sa demande absurde. J'allais achever son travail, mettre notre vie en miettes.

III

1

À Julien

J'aimerais pouvoir te raconter les choses simplement. Dire par exemple : Un jour, je suis allée dans un hôpital et je t'ai ramené à la maison.

Mais ce n'est pas possible. L'image n'est pas aussi nette, comme si la mise au point sur le souvenir n'avait pas été faite. Et même, au départ, il n'y a pas d'image du tout. Je ne me souviens plus à quel moment j'ai décidé de partir. Ce dont je suis sûre, c'est qu'un jour, je me suis retrouvée dans un hôpital parisien. Je revois le bâtiment, un immeuble un peu ancien, peut-être autrefois un couvent. Je ne crois pas que j'avais décidé de me retrouver là ce jour-là, encore moins de te ramener à la maison. Je dois t'avouer que c'était plutôt le contraire. Mais le fait est que ce jour-là, ça, je m'en souviens bien, j'étais là sous le grand porche de pierre, et que je n'ai pas hésité, je suis entrée dans la vaste cour, et comme je ne trouvais pas l'aile où devait se trouver la maternité, je suis allée me renseigner à une porte marquée « Accueil ».

Oui, c'est bien ça, un jour d'octobre 1968, je suis allée dans cet hôpital où tu étais né quelques jours auparavant. Je ne te connaissais pas encore, mais j'avais décidé, oui, décidé, de ne pas te ramener à la maison. Comme je l'avais dit au téléphone à l'assistante sociale, ou à l'infirmière, je ne sais plus, je signerais le Procès-Verbal d'Abandon, et je te laisserais là. C'est dans cette intention que j'étais venue, comme on me l'avait demandé, venue pour t'abandonner, pour ne pas te ramener à la maison comme ta mère l'aurait voulu, sans percevoir le ridicule de la situation, être venue et repartir sans toi.

Et en fait, ce n'est pas du tout ce qui s'est passé. Je ne sais plus trop comment, je me suis retrouvée au pied d'un escalier où une femme m'attendait, un dossier bleu à la main. Je suis restée un instant, je crois, au bas de cet escalier. Peut-être est-ce que je cherchais ce qui m'avait mise en route et m'avait amenée là. Puis j'ai suivi cette femme en blouse blanche le long d'un long couloir. Quand j'y repense, il me semble qu'il était sans fin. À gauche et à droite, des portes s'entrebâillaient sur des intimités tranquilles, des sommeils calmes, des berceaux entourés de chuchotements et de gestes tendres. La suite, je ne m'en souviens plus. Comme si cela s'était fait en dehors de moi. Mais le fait est là : un jour, je suis allée dans un hôpital et je t'ai ramené à la maison.

2

Maintenant, tu sais tout. Nous ne t'avons pas menti. Tout t'a été dit dès le départ, alors que tu ne savais pas encore marcher, pas encore parler. Pas un jour sans que l'un de nous ne te parle de ta mère, ta grand-mère surtout, comme si ce déluge de mots pouvait réparer les silences : l'adoption d'Élisabeth, son histoire avant eux, avant nous, ou plutôt le peu qu'ils en savaient. Tout.

Pourtant, nous avons eu du mal avec les mots. Fallait-il parler de disparition, ou de départ ? Élisabeth était-elle simplement partie, ce qui sous-entendait qu'elle reviendrait ? Ton abandon : nous avons cherché longtemps le mot juste, celui qui rendrait compte sans faire mal. Mais comment dire ? Il n'y a pas de bon mot pour cela.

Tu sais maintenant ce qui s'est passé en cette année 68. Notre année 68 : trois saisons et une vie, la tienne et la nôtre, ensemble.

À l'hôpital où je suis allée te chercher, je t'ai fait une promesse. C'est là que tout a commencé pour toi, et d'une certaine façon, pour moi aussi. Mais il y a des commencements qui effraient, qui interrogent les certitudes, et échappent au désir. Des commencements comme des tempêtes. Je me souviens, je marchais à ta rencontre dans ce couloir d'hôpital, mais plus j'avançais, plus mon corps me disait de rebrousser chemin, de tourner le dos et de fuir tant qu'il en était encore temps. La femme au dossier bleu s'était retournée pour m'attendre. Elle souriait sans impatience. Je me souviens qu'elle était blonde, et cette clarté, la blondeur des cheveux, le sourire doux, la blouse blanche d'infirmière, ouvraient le chemin. J'ai continué.

Elle m'a emmenée jusqu'à ton berceau.

– C'est lui, a-t-elle dit. C'est Julien.

Jusque-là, tu n'étais rien. Une idée, une illusion, une menace. Dans le berceau, je n'ai vu de toi qu'un minuscule visage émergeant du drap blanc, sous un ridicule petit bonnet de coton blanc aussi, et toi, la peau si blanche dans tout ce blanc, à peine un peu de rose sur les ailes du nez et sur les mains minuscules. Les yeux clos, tu respirais à peine. Tu étais pourtant si vivant, tu étais la personne la plus vivante que j'ai jamais vue, et alors, je me suis penchée vers toi et je t'ai fait cette promesse : « Je ne t'abandonnerai jamais. ».

3

La promesse semblait aussi légère que nos souffles mêlés. Une bulle de savon, volant doucement vers l'avenir. C'était simple, je t'avais ramené à la maison, nous t'élèverions, tu grandirais sagement, comme une image, ta mère reviendrait un jour, il n'y avait plus qu'à attendre, sagement, nous aussi...

En remontant la rue de la Chaîne vers l'hôtel Fumé, ce jour de fin octobre 68, j'étais toujours dans cette légèreté. J'étais venue ce jour-là connaître les résultats de mes examens, tu n'étais qu'un incident de parcours, un petit hoquet de l'histoire, rien de plus. À la fac, j'ai appris que j'étais reçue, je pouvais repartir, rassurée. La vie continuait. Je passerais d'autres examens, je serais reçue de nouveau, je pourrais décider entre mille destins, mille possibles, la photo, le journalisme, mais aussi libraire, bibliothécaire, architecte, et même l'élevage des chèvres en Lozère, pourquoi pas ? Je pourrais... Mes rêves tournaient gaiement dans ma tête, j'ai redescendu la rue dans cette gaieté, c'était si facile. J'étais libre, libre...

J'ai repris ma voiture, ma vieille Dauphine achetée depuis peu d'occasion, à force d'économies patientes, mon carrosse de liberté. La nuit allait tomber, il était temps de partir. D'ailleurs, le ciel se couvrait, et la pluie, une pluie fine, s'était mise à tomber. Rien de gênant, je connais par cœur le trajet qui me ramène à la maison. Ma pensée pouvait continuer sa course tranquille, entrelacer projets et désirs. La bruine qui enveloppait tout et gommait les reliefs me protégeait, j'étais bien, dans le cocon tranquille de l'habitacle. Les mains seules dirigent le volant, moi, je suis ailleurs, danseuse funambule sur le fil de l'avenir, les images vont et viennent, tourne manège ! au rythme de l'essuie-glace, je serais cette libraire magicienne, cette passeuse de livres, en conversation bienveillante avec des lecteurs passionnés, je serais cette tisseuse de mots, ma plume court sur le papier, journaliste, j'enquête, je voyage à l'étranger, sur tous les théâtres du monde, et aussi poète, romancière, qu'importe, le succès est au bout de la ligne, d'un coup de talon, je m'envole vers les cintres de la célébrité, trapéziste habile, j'enchaîne les voltiges au-dessus du miroir du rêve, quel plaisir d'inventer ainsi l'avenir, faire ce que j'aime, marcher dans des villes inconnues, visiter des musées, bâtir des palais, rencontrer des gens nouveaux, partir loin d'ici, arpenter le monde...

Les essuie-glaces viennent et reviennent, et donnent le tempo, allegro molto, je ne les vois pas, l'esprit est loin d'ici, mais je les entends, et voici qu'ils grincent, oh ! seulement un petit chuintement, mais qui se répète, entêtant, ça rechigne, ça ne tourne pas rond, le rythme est cassé, il faudra les changer, ces essuie-glaces, les balais frottent contre la vitre, ma figure de trapéziste finit en mauvaise pirouette, retour au réel. Réveille-toi, Jeanne, il pleut fort maintenant, le crépuscule est devenu poisseux, les phares creusent péniblement un tunnel dans la nuit, tu dois le suivre, sans t'égarer, tu es prise comme un lapin dans la lumière, il ne te reste qu'à avancer bravement, tout droit, sans te risquer sur les bas-côtés. Réveille-toi, Jeanne, tu as seulement oublié Julien, et ta promesse hasardeuse, oublié Élisabeth, oublié que tu es la sœur d'une disparue, d'une qui est partie sans laisser d'adresse en te refilant le bébé, d'une plus là, qui s'est perdue, d'une abandonnée qui à son tour t'a abandonnée, petite sœur plantée là, devenue l'aînée, par force, qu'on a habillée d'un vêtement trop grand pour elle, qui flotte dans des habits qui ne sont pas les siens, tu as oublié, starlette sans cervelle, que promesse faite doit être tenue, qu'il ne te reste plus qu'à retrousser tes manches pour qu'il advienne un avenir à tout ça, réparer les déchirures pour que la tragédie ne triomphe pas complètement.

Était-ce moi qui avais pu imaginer que tout allait continuer comme avant, qu'il n'y avait rien de changé, qu'il suffisait de continuer sur sa lancée, faire comme si, comme si toi, Julien tu n'existais pas, penser que tu attendrais sagement comme l'enfant des mages dans son couffin de Noël, comme si l'histoire s'arrêtait là, fin du chapitre, the end ?

Mais tout se diluait dans cette pluie fine et entêtée, l'avenir dégoulinait, ma pensée prenait l'eau, ma rêverie tournait au naufrage.

Trop tard, ma petite Jeanne. Fini de jouer ! Ce soir d'automne 68, j'ai compris que tu prendrais toute la place, que tu l'avais déjà prise, enfant silencieux et tenace, et que je n'étais pas assez forte pour m'opposer à toi.

4

Triple salto arrière, donc. Retour au réel. Prévenir les parents, les entraîner, toujours sonnés, hébétés, dans mon sillage. À 21 ans, on ne prend pas de gants, on y va franco.

Dès le lendemain matin, dans la cuisine au petit déjeuner (la cuisine c'était parfait, c'est toujours là que tous les conflits familiaux s'étaient toujours réglés), j'attaquais pleins gaz : il fallait être réaliste, on ne pouvait continuer à se fermer les yeux, times are changing, finies les utopies, retour à la réalité. J'allais arrêter mes études et prendre un poste d'instit, que cela leur plaise ou non, d'ailleurs, vous devez être contents, ce n'est pas ce dont vous aviez toujours rêvé pour moi, instit, comme vous ? Ils ont bien tenté de discuter, mais tu ne voulais surtout pas ça jusque-là, eh bien, j'ai changé d'avis, il n'y a que les imbéciles qui ne changent pas d'avis, et d'ailleurs ma décision est prise, c'est à moi qu'Élisabeth a confié son fils, pas à vous, restez à votre place de grands-parents, ce sera déjà très bien, de toute façon, pas question de leur demander leur avis, on n'était plus au temps où les jeunes obéissaient aux vieux, finie la dictature des pères, même De Gaule avait failli, héros de la résistance, tu parles, il avait pris un sacré coup de vieux, le héros, il ne savait plus quoi faire, il n'avait rien compris aux jeunes, à mai 68, à ce nouveau monde en ébullition... Mais enfin, regardez dans quel monde vous nous avez conduits ? Ça sclérose, ça craque de partout, on ne va pas continuer à répéter indéfiniment le passé, à quoi sert de faire des études longues si ce n'est pas pour changer le monde, j'étais majeure, je prenais mes responsabilités, et patati et patata... Donc en résumé, voici ce que je vais faire, j'abandonne mes études prometteuses, mais erratiques, je cherche un poste d'instit remplaçante, le poste idéal pour moi, vous me l'avez assez dit, que j'étais une touche-àtout, des dons pour un peu tout, et du génie pour rien, institutrice, c'était fait pour moi, enseignante à tout faire, c'était ma place, c'est comme ça et pas autrement, fin de la discussion. Ah ! si, une dernière chose, dès que je serai installée, j'emmènerai Julien avec moi. Et les parents, sonnés, abasourdis, réduits au silence, muets. Je m'improvisais marionnettiste, je maniais les ficelles, ils n'avaient qu'à suivre, je comptais sur eux, ils seraient de merveilleux grands-parents, mais ils devaient rester à leur place, et faire comme moi, assurer, oui, assurer, puisque leur autre fille avait abandonné le navire, ne parlons pas de lâcheté, mais c'était tout comme, on allait tous ensemble assurer, et sauver les meubles. Et pour commencer, il allait falloir les bouger, les meubles, et ranger la chambre d'Élisabeth pour faire de la place à Julien, en attendant que la situation s'éclaircisse pour moi, et que nous partions tous les deux.

5

Ranger la chambre d'Élisabeth, c'était bien la dernière chose qu'ils avaient envie de faire, les parents. Chambre interdite, comme leurs pensées. On ne rentre pas, on ne pense pas, on se contente du chagrin, qui envahit et paralyse, et que rien n'épuise. Et voilà que je leur ordonnais d'ouvrir la porte, de pousser les volets, de chasser la poussière, de faire rentrer la lumière.

Ils ont donc rangé, poussé un peu les choses, le moins possible, pour qu'Élisabeth ne disparaisse pas complètement. Je les revois dans cette chambre fermée depuis des mois, bougeant avec précaution, comme s'ils avaient peur de casser quelque chose.

C'est le père qui a trouvé le premier la boîte à trésors. Oh, presque rien, des secrets d'enfants, plumes d'oiseaux encore duveteux, pommes de pin, graines séchées, coquillages, et surtout, petits cailloux, beaucoup de cailloux aux formes bizarres, cœurs colorés de rose ou d'ocre, petites pierres ramassées sur la plage, percées d'un trou et destinées peut-être à devenir pendentifs, colliers, boucles d'oreilles, cailloux bijoux.

Il pense : « Avait-elle donc perdu son chemin, ma fille, pour collectionner ainsi les pierres ? Pensait-elle que comme le Petit Poucet du conte, elles l'aideraient à retrouver une route perdue ? Je ne vaux pas mieux que le père du conte, j'ai laissé ma fille dans la forêt profonde, et elle s'est perdue. As-tu appelé, Élisabeth ? M'as-tu appelé ? Je n'ai rien entendu. »

Ainsi rêve le père, assis sur le lit, la boîte à secrets ouverte sur les genoux.

Ainsi rêve la mère, qui trie, piles de vêtements, vieux disques, livres écornés, jouets d'enfants entassés, jamais jetés. « Elle n'a manqué de rien ma fille, pas manqué de jeux, de cadeaux. » Elle la revoit, petite, jouant sur le tapis de sa chambre et chantonnant pour elle seule un air inconnu, venu d'où ? Elle n'a manqué de rien, Élisabeth, juste d'un peu de sincérité, de vérité. La mère regarde le petit tas de jouets, un peu cabossés, un peu rouillés, les poupées sans cheveux ou sans bras, l'ours en peluche râpé et borgne, et elle voit un pitoyable petit tas de mensonges.

6

Tout ça a-t-il fini par faire une famille ? Bien sûr, elle ne répond pas exactement aux lois de l'arithmétique.

Deux parents, deux filles égale quatre, moins une égale trois, plus un enfant égale quatre. Apparemment, ça tombait juste. C'était oublier que les chiffres déplacés laissent des trous. Premier trou, sur le livret de famille d'Élisabeth, de Julien plutôt : le nom du père. Père inconnu, le terme ne comble pas le vide. Premier accroc à la norme de l'époque, qui convoquait tous ses psychologues, psychiatres et autres experts, au secours des enfants de divorcés, futurs traumatisés, possibles délinquants, enfants en danger en tous cas, alors, un enfant sans père, un enfant naturel, comme on disait encore, vous imaginez les dégâts ! Je me souviens, Julien était en maternelle. La maîtresse, Mme Martini, avait demandé aux enfants de dessiner leurs parents. Pourquoi Julien s'obstine-t-il à ne dessiner qu'un parent, et encore on ne sait pas trop si c'est son père ou sa mère, se demandait-elle, sincèrement inquiète devant ce dessin aux traits inexpressifs ? Pourquoi tant d'obstination de la part de cet enfant ? Elle a fini par comprendre, Mme Martini, que Julien n'avait pas de papa, pas de maman non plus, mais une tante, et deux grands-parents, et visiblement, elle n'avait pas son compte.

Je me souviens aussi de ton premier été, dans notre maison de Charente. Quand je t'emmenais sur la plage, je regardais avec envie ces groupes, ces familles joyeuses réunies sous des havres de parasol, ou de sommaires abris de toile montés en toute hâte pour protéger du soleil bébés et grands-parents, cousins âgés ou femmes à peau claire. On se serrait en riant pour les photos de famille pour être sûr de n'oublier personne. Tous, sur la photo. Mes photos de vacances à moi étaient pleines de vides, de trous d'air, d'espaces, où ta petite silhouette rampante ou chancelante n'était qu'un point lointain dans le paysage.

On n'a pas comblé les vides, on n'a pas non plus cherché à masquer les trous.

J'ai rencontré Pierre, que la présence de Julien dans ma vie n'a pas fait fuir. Au contraire. « Un enfant déjà tout fait, a-t-il dit, quelle chance ! Nous en ferons d'autres, voilà tout. »

Voilà mon arithmétique. Quatre plus un, plus une, plus une, Pierre et nos deux filles, est-ce que ça fait le bon compte ?

Il faut croire que non, puisque quelques années plus tard, notre arithmétique familiale a encore changé. Julien avait déjà investi le piano du salon. Je l'écoutais, je le regardais... Dans ma tête, une pensée prenait son élan, doucement, tranquillement...

Un matin, un avis d'obsèques dans le journal (Je tiens aussi la comptabilité des morts, pas seulement celle des vivants !), m'a donné l'impulsion pour tenter une addition supplémentaire. De la cuisine, j'entendais Julien, pourtant si petit, tambouriner sur le piano avec entêtement. Soudain, j'ai su ce que je devais faire.

J'ai prévenu Julien : « Demain, je t'emmènerai au cimetière. ».

Il n'a pas protesté. Juste une grimace pour montrer son mécontentement. Et il est reparti jouer.

Nous allons parfois sur la tombe de la famille avec ses grands-parents, à Toussaint et à Pâques surtout. Pourtant, nous étions début juillet, et en route il s'est rendu compte que nous ne prenions pas le chemin habituel. Je voyais son regard interrogateur dans le rétroviseur.

Nous avons roulé en silence.

En arrivant, nous avons aperçu devant un caveau, dans un coin de ce cimetière inconnu, un groupe de gens rassemblés. Mais je n'ai pas rejoint le groupe, et nous avons attendu, silencieux, à distance.

Julien ne posait pas de questions. Comme s'il avait compris que je ne répondrais pas et que sa question était donc inutile.

Un prêtre a prononcé quelques mots. D'où nous étions, on entendait mal. Puis les gens ont défilé lentement devant le cercueil. Quelques-uns pleuraient. Le groupe a commencé à se disloquer. Il ne restait qu'une dizaine de personnes autour de la tombe. Alors seulement, j'ai pris la main de Julien et nous nous sommes avancés. Un homme s'est retourné, l'air surpris. Il y a eu des chuchotements, des têtes se sont rapprochées, des regards nous ont fixés. Nous n'étions pas les bienvenus. Julien m'a tiré par le bras. « S'il te plaît, on s'en va ! » Je n'ai pas bougé.

C'est alors que l'homme est venu vers nous, seul. Il s'est arrêté face à nous, il me regardait.

— Bonjour, Jeanne. Ça fait longtemps…

— Sincères condoléances, Philippe. J'ai appris par le journal, pour ta mère… Je savais que tu serais là.

Son regard s'est porté sur Julien, comme on regarde un papillon qu'on épingle.

Le visage de Philippe s'est figé.

— Jeanne, tu ne m'as pas fait ça. Pas ça, Jeanne !

Sa voix s'était enrouée.

J'ai lâché la main de Julien, j'ai esquissé un geste.

— Julien, je te présente ton père.

De ce jour-là, de cette rencontre qui a changé le cours de leur vie, il n'y a pas de photo dans l'album de famille. Ils n'en ont pas besoin.

Je revois la haute silhouette du père de Julien, son fin visage aux lèvres minces, ses cheveux châtain ondulés, ses yeux noisette, ses longues mains, surtout. Non, pas besoin de photo. Un jour, quand Julien sera plus grand, il suffira de les placer tous deux devant un miroir. Même silhouette, même visage. Et en concert, quand Julien sera devenu un grand pianiste, comme son père, quand il posera ses mains sur les touches du piano, il pourra revendiquer son héritage. La musique. En partage.

7

Est-ce le vent du Mont Lozère qui m'a emportée loin des utopies grandioses, et ramenée au sol, au plus près des petites choses de la vie ?

Lire écrire, compter. Et aussi dessiner, chanter, regarder, écouter, semer, planter, danser, parler, faire du théâtre et de la gymnastique... Je leur en ai appris des choses, à mes élèves depuis mon premier jour de classe ! Je me souviens de ce premier jour où 25 petits visages attentifs me regardaient, moi la nouvelle maîtresse. Je m'étais soigneusement habillée, jupe un peu longue, chemisier bien sage. Je voulais faire bonne impression et masquer ma peur. Quelle peur, oui, et quelles joies par la suite ! Ils étaient 25, ils sont devenus Nathalie, Aurélien, Florent, Béatrice, Sylvie, Étienne, et bien d'autres encore, de vraies petites personnes. Chacun a été une rencontre. Je ne me suis jamais lassée.

Chaque jour de classe est un nouveau jour. Les enfants arrivent, grandissent, laissent leur silhouette et leur visage sur une photo de classe, puis ils partent pour laisser la place aux suivants. J'ai compris que pour vivre, il suffit de laisser le temps passer. Les odeurs glissent sur moi, au printemps celles des iris, puis des lilas et celle presque sucrée, des orangers du Mexique, plus tard, celles des roses, qui s'enroulent dans le soyeux des pétales, et glorifient les couleurs somptueuses des fleurs, l'hiver arrive et la pluie, et monte avec elle l'odeur âcre de la terre. En ritournelles, les sons glissent sur moi, des airs de chansons pimpantes et neuves passent à la radio puis reviennent, vieillies, pleines d'une nostalgie poussiéreuse, puis d'autres arrivent, qui se démoderont à leur tour. Nous traversons des paysages, ils passent le long de nos routes, nous les voyons défiler par la vitre, ils glissent en nous et nous les oublions. Les choses se font toutes seules. Les journées sont faites de lessives, de cahiers à corriger, de leçons à imaginer, d'enfants à nourrir ou à amuser, de lectures trop vite abandonnées, de projets avortés, de menus travaux, de petites victoires.

8

Pendant quelques années, je suis retournée chaque été au bord de la falaise, notre falaise, à Élisabeth et moi, celle de nos jeux, de nos défis d'enfants. Mais c'est comme si, chaque fois, ce promontoire au-dessus de la mer rapetissait. Belvédère dérisoire. J'étais déçue, je tentais de revoir Élisabeth jouer avec ma peur, avec mon admiration, de retrouver mes yeux d'enfant pour redonner à ce petit tas de rochers grandeur et gloire. Mais le cœur n'y était plus. La mer était plate, la falaise insignifiante, la promenade sans danger.

Un jour, j'y ai emmené Julien à vélo. Il avait depuis peu acquis son autonomie sur deux roues, sans les petites roulettes enfantines, et il était fier de montrer son savoir-faire. Je voyais ses petits mollets se gonfler quand il appuyait sur les pédales de toutes ses forces d'enfant.

Nous avons pédalé doucement jusqu'à la côte, lui avec sérieux et application, moi attentive à ne pas le dépasser.

Comme Élisabeth et moi autrefois, nous avons couché nos vélos dans l'herbe, pour avancer le long du chemin de douanier. Une mouette esseulée planait au-dessus de nous, portée par un courant d'air. La mer était calme. Et soudain, il s'est mis à courir avec toute l'énergie de ses cinq ans.

— Regarde-moi, Jeanne, je suis un oiseau, regarde, je vole, je suis une mouette !

Alors est revenue l'émotion intacte, l'admiration pour la hardiesse insolente, et la peur, la peur pour Élisabeth, la peur pour l'enfant. Mon cœur s'est emballé, je l'ai rattrapé, plaqué au sol, entre rire et colère. Il m'a regardée presque effrayé, et le rire l'a emporté. En écho, la mouette au-dessus de nous a lancé un cri strident, avant de filer vers le large.

9

C'est l'hiver. Ou c'est l'été. Peu importe. Quand Julien se met au piano pour ses gammes quotidiennes, le temps s'arrête. On entre dans le temps de la musique. Même plus jeune, il ne se lassait jamais.

Des notes douces, hésitantes, comme si elles cherchaient quelque chose ou quelqu'un. Ou au contraire une phrase énergique, mille fois répétée, toujours plus rapide, toujours plus fort. Ça chante, ça vibre, ça crie, ça pleure peut-être, ça se répète, pendant de longues minutes, ça tourne en rond. Ce peut-être une sérénade de Schubert, la Lettre à Élise, ou une chanson des Beatles. C'est Julien qui parle.

Du fond de la pièce où je suis entrée en silence, j'écoute, j'entends cette voix. Je ne suis plus seule. Élisabeth est là. Elle porte la robe de la dernière photo, celle de la fête de Noël, une robe bleu marine toute simple, étroite aux hanches, qui dévoile ses bras et fait s'illuminer sa blondeur. Elle a 25 ans, le regard clair, presque transparent, un sourire à peine esquissé, elle ne vieillira plus. Même si un jour elle revient, elle ne vieillira plus, car à son retour ce sera une autre. Un jour, elle sera plus jeune que son fils.

Julien la voit, j'en suis sûre, chaque fois qu'il se met à jouer. Il a vu cette photo tant de fois, tant de fois réclamé l'album, feuilleté frénétiquement des souvenirs qui ne sont pas les siens.

Leur rencontre a été si brève. Élisabeth n'a été qu'une passante pour son fils, même pas une image, une odeur peut-être, une douceur, ou au contraire un vide, un tranchant de couteau, un froid glacial. Depuis, rien. Absents l'un à l'autre.

Mais quand vient la musique, Élisabeth est là. À côté de moi, au fond de la pièce, ou debout à côté du piano, ou assise sagement, attentive, près de la fenêtre.

« Je t'écoute, tu es mon fils, et je t'écoute. On ne se connaît pas, mais un jour on se reconnaîtra. Pour l'instant, je ne peux pas. Revenir, je ne peux pas. Je dois d'abord trouver ce que je cherche. »

Et le piano murmure, ou hurle, c'est selon. « Tout cela, c'était avant ma naissance, avant moi. Mais je suis là. Écoute-moi. Écoute ma voix. » C'est ce que dit le piano, inlassablement, avec une sorte de joie violente et têtue.

Julien joue et nous sommes trois dans la pièce, autour du piano.

10

Dire que nous attendons toujours le retour d'Élisabeth, non, ce n'est pas le mot juste.

Nous n'avons rien oublié. Contrairement à ce qu'on pourrait croire, la disparition d'un « être cher » (comme on dit !) n'est pas une soustraction, elle pèse, elle alourdit, elle envahit, elle occupe le terrain. On est trop occupé alors à s'alléger, à redresser les épaules, à déployer ses membres et vider sa tête. On n'attend pas, on tente de vivre dans les ruines. Et on commence à reconstruire, presque secrètement, comme on remonterait un mur à la barbe de l'ennemi. Quand on s'en rend compte, il est trop tard. On a déjà recommencé à vivre, et renoncé à l'espoir, on s'est habitué.

La possibilité du retour d'Élisabeth était devenue une pensée flottante. Tout juste si des images parfois me venaient, une Élisabeth vieillie, plus mince encore, avec déjà quelques rides sur le front, une jeune femme aux traits durs, ou au contraire plus épanouie, plus ronde et qui me souriait. Mais cela passait comme un rêve et la mécanique des jours reprenait son mouvement. La reconnaîtrais-je si je la croisais par hasard dans la rue ?

Peu à peu, l'espoir de son retour s'est enfoui en moi, au plus profond, comme une veine secrète, un mince filet d'or dans une mine souterraine.

Depuis la disparition d'Élisabeth, depuis que nous avons ramené Julien avec nous, à la maison, aucun d'entre nous n'est revenu à Paris. Qu'irions-nous faire là-bas où Élisabeth s'est perdue ?

Nous sommes quelquefois « montés », comme on dit en province, au nord ou à l'est, nous avons visité la Normandie, l'Alsace, mais nous sommes passés au large de la capitale, comme les voiliers évitent les côtes rocheuses, de crainte que des vents contraires ne précipitent le navire sur des écueils. Paris, ses quartiers historiques, ses Musées, ses Champs-Élysées, ça c'est pour les touristes, provinciaux curieux ou étrangers fascinés par les monuments ou les devantures violemment illuminées des magasins de luxe. Ce n'est pas pour nous.

Julien sait qu'il est né là-bas, dans une maternité du 13ème. Il sait que c'est là que sa mère a disparu, qu'elle s'est comme absentée. C'est le lieu du départ. Il aimerait s'y rendre, comme on retourne à la source, pour voir, pour renouer le fil.

— Nous irons quand tu seras un peu plus grand, je te le promets.

Ce voyage, il le prépare. Il a trouvé je ne sais où, dans la bibliothèque de ses grands-parents sans doute, un vieux plan de Paris. De temps en temps, il l'apporte sur la table de la cuisine, il le déplie avec précaution. Julien ne regarde pas un plan de Paris, il y plonge, il suit les rues du doigt, longe les boulevards, s'arrête aux carrefours, s'oriente, explore le quartier, remonte jusqu'à l'Arc de Triomphe ou la tour Eiffel. Il veut tout connaître des lieux chargés d'histoire, il s'y attarde, rôde devant la Conciergerie, le Louvre ou la Sorbonne. Il connaît les lieux des révolutions, des combats sanglants. Peut-être pense-t-il que Paris est un ogre, que cet ogre a avalé sa mère, et que quand il sera grand, il ira l'affronter, le traquer partout. Ruelles, passages, escaliers, catacombes, il lui fera rendre gorge, avouer son crime, et restituer ce qu'il lui a volé.

Épilogue

Je fais souvent le même rêve. Déchirer, détruire tous les albums photo. Jeter tous les morceaux. Je suis sur une barque, dans la bourrasque. Je déchire à pleines mains. J'ai une force terrible. Je mets chaque album en pièces, méthodiquement. Le vent emporte les morceaux. Petits bouts de papier, confettis qui partent dans le vent, dérivent sur les courants d'air, petits planeurs qui se hissent par les courants ascensionnels, redescendent, dansent un moment, puis se perdent au loin, dans l'eau, dans l'air, loin de moi...

Je me réveille les mains vides.

Le lendemain, je retrouve les anciens albums intacts sur l'étagère du salon. Ils sont inoffensifs, ils ne racontent que les beaux jours, ils laissent passer entre leurs mailles les disputes, les petites méchancetés, les aigreurs, les mensonges, les non-dits, ils sont pleins de trous, de vides, mais ça ne se voit pas, ils ravaudent le passé.

Julien s'y plonge souvent, depuis toujours. Assis tout au fond d'un des grands fauteuils du salon, il tourne les pages gravement, en silence. Il reste parfois longtemps sur une même page, pose des questions. Il veut savoir. Qui sont ces gens ? Et là, c'est où ? C'est moi, là, quand j'étais petit ? Il s'arrête longuement sur les photos de sa mère. Il rêve...

Moi, je les ouvre rarement, c'est inutile. J'y retrouverais Élisabeth, elle n'aurait pas vieilli. Dix ans qu'elle a disparu. Elle est là, comme un fantôme bienveillant. Sur les derniers albums, je suis maintenant plus âgée que ma sœur aînée.

Pourtant, je continue à photographier, les gens surtout, pris par surprise, quand ils regardent ailleurs, me tournent le dos et s'éloignent, se penchent sur un livre, une tâche, absorbés, comme absents. Il me semble que le corps, dépourvu de l'éclat figé du regard que nécessite la pose, est plus sincère. Et tant pis si ce corps m'échappe et me fuit. Je ne retiens personne prisonnier. Mes photos ne mentent pas, leur papier brillant n'est que l'apparence, la peau douce du souvenir. Cela donne à notre album de famille un air particulier.

Et il y a toujours ce vide dans ces albums, la part manquante, l'enfance d'Élisabeth. L'a-t-elle retrouvée ? A-t-elle recollé les morceaux de sa vie ? Rempli les blancs de sa mémoire ?

Je ne sais pas où est la photo d'Élisabeth enfant, la photo déchirée. Elle a disparu avec elle. Sur la cheminée de notre maison d'été, je l'ai remplacée par d'autres photos, Élisabeth à quatre ans, si frêle, à huit ans, un peu boudeuse, plus tard adolescente blonde et lumineuse, souriante et rêveuse, un peu sauvage, notre Élisabeth à nous.

J'ai placé à côté une photo de Julien enfant, trois ans à peine, les jambes pendantes au bord du tabouret, les deux menottes posées sur les touches du piano et hurlant, la bouche ouverte, la langue déployée, hurlant à pleine gorge, pour accompagner les notes dissonantes de l'instrument. « Plus tard, je serai chanteur, disait-il. »

Partout dans la maison, d'autres photos, de mes filles, de nous tous ensemble, avec Pierre, mon homme, solide comme le roc, mon appui, ma terre ferme.

Et aussi, par provocation peut-être, cette photo d'été, trouvée dans un vide-grenier, d'un photographe inconnu : deux petites filles nues, une grande bassine de zinc, au sol les graviers d'une cour, et en arrière-plan, appuyée au mur, une bicyclette de femme, comme celle qui servait à Maman à aller faire les courses au bourg quand nous étions petites. La plus jeune des fillettes est debout, elle attend patiemment que la grande qui a plongé tête la première dans la bassine ait fini de tâter l'eau, trop chaude, ou trop froide, jamais à son goût. Ces deux fillettes, ce pourrait être nous, Élisabeth et Jeanne, pendant nos bains d'été ici même, dans une bassine semblable. Alors ma pensée s'égare...

Élisabeth n'aimait pas ça, se laver dans la cour, à la vue de tous. Notre mère nous y forçait, affirmant, péremptoire que Ève, la première femme était née nue dans le jardin d'Eden, que c'était bien ainsi, et qu'il était sain d'exposer son corps au soleil, c'était bon pour la peau et les vitamines. Élisabeth faisait tout pour échapper à ce bain quotidien : « Un petit rhume, Maman, un peu mal à la gorge, je t'en supplie, Maman, je suis fatiguée, le bain je le prendrai demain, c'est promis, demain. » Elle se cachait dans la grange, sous le lit, dans l'escalier, mais les cachettes n'étaient jamais assez nombreuses, notre mère la retrouvait toujours, et la ramenait là, près de la grande bassine de zinc. L'enfant ôtait alors à regret le tee-shirt, le petit short ou la jupe. Elle suppliait, je garde la culotte, s'il te plaît, non, elle n'avait pas le droit, la culotte, tu l'enlèves aussi. Alors, elle avançait lentement vers la bassine, sur les graviers coupants, quelle torture, et finalement se résignait à plonger dans la bassine, la tête la première, ne plus rien voir, selon la méthode de l'autruche, sans se rendre compte qu'elle offrait ainsi aux regards de tous une paire de fesses rondes et dodues, ce qu'elle avait cherché justement à cacher.

J'ai à peine besoin de regarder la photo de l'artiste inconnu, je me souviens de la petite fille à la bassine, je me souviens de sa petite sœur qui adore l'eau, et trouve que c'est bien long d'attendre, que la grande fait son cinéma, je me souviens de la mère impitoyable et rieuse, je me souviens du père qui tout à l'heure viendra avec la grande serviette pour sécher et câliner. Je me souviens de tout.

Je n'impose plus le bain du soir dans cette bassine à mes enfants. Ils choisissent la baignoire ou la douche, en tout cas l'intimité de la maison. Plus jeune, Julien se servait de la bassine de zinc pour faire flotter ses bateaux ou vérifier la capacité à nager des araignées, des fourmis ou des vers de terre.

Il a passé cet âge sans pitié. D'où je suis, sur la chaise longue où je paresse à l'ombre du cerisier, dans la cour, je l'aperçois assis à son piano, je l'entends faire et refaire ses gammes, reprendre un morceau, essayer, s'arrêter, reprendre encore et encore. Il ne se lasse jamais. Nous n'y prêtons plus attention, cela fait partie de notre vie, cela fait partie de nous. C'est quand il s'arrête que nous tendons l'oreille. Isabelle et Charlotte, mes deux filles sont quelque part dans le jardin, leur père bricole dans son coin, nous faisons maison pleine, comme tous les étés. Mes parents arriveront bientôt. Les parents de Pierre ne tarderont pas. Philippe passera entre deux concerts. Julien et lui se mettront au piano. Quatre mains, côte à côte sur les touches. Ils se disputeront, ils se fâcheront à tour de rôle, on entendra la voix grave et impatiente du père, la voix fluette et ardente de l'enfant, et puis la musique reprendra, inlassablement.

Je sais tout ça par cœur. C'est mon œuvre. Je suis celle qui veille.

Je vois la maison autour de nous, la cour gravillonnée, le grand jardin sauvage, la campagne qui s'étend au large, jusqu'à un bois, jusqu'à une colline, jusqu'à la route, jusqu'à la mer, jusqu'à...

Élisabeth connaît le chemin. Elle reviendra.

Remerciements

Mes chaleureux remerciements à toutes les participantes de l'atelier de la Belle Heure et à son animatrice, qui ont accompagné l'écriture de ce livre de leurs encouragements et de leur écoute toujours bienveillante.

Merci aussi à toutes les personnes qui par leurs relectures critiques et leurs encouragements ont permis à ce livre d'aller jusqu'au bout.

Du même auteur

Un soldat oublié
Prix Envie d'Écrire 2019
Editions de l'Espace Culturel Leclerc-Niort

Dans la même collection

Épilogue selon Marguerite — Anne Bert — 2014
Ball-Trap à Paddington street — Frédéric Bessat - 2014
L'incroyable destinée du vieil Oldstone — F. Bessat — 2014
Ferme la porte en sortant — Thérèse André-Abdelaziz — 2014
La vie en bleu — Jean-François Thiery — 2014
Le blues du funambule — Muriel Mourgue — 2015
La chair et le néant — Sylvain Lapo — 2015
La stratégie du perroquet — Christine Antheaume — 2015
L'habit de sang — Béatrice Couturier — 2015
La Dame des brumes — Patrice Woolley — 2015
Une passion française — Nathan Saint-Cames — 2016
Le hurlement de la chair — Matthieu Becker — 2016
La mutité des sentiments — Matthieu Becker — 2016
L'Ivre mort — Alain Bourmaud — 2016
Secrets, mensonges et trahison — Éric Thévenot — 2016
Au nom de Sarah — Armel Veilhan — 2016
Brouillards à l'encre fraîche — Jean-François Rottier — 2016
Bhoutan — Monique Plantier — 2017
Secret de famille — Jean-François Rottier — 2017
Pèlerinage en eaux troubles — Michel Dessaigne — 2017
Les incestueux — Jean-Paul Lebel — 2017
Le Noël de Jeanne — Dominique Bailly — 2017
La porte condamnée — Max Alhau & Michel Lamart — 2017
En corps présent — Jean-François Dietrich — 2017
Loin dans le temps — Jean-Luc Emmanuel Chassard — 2018
Entre-temps - Anne Le Roy - 2018
Green Man—Pierre Athanaze - 2018
Histoires courtes pour personnes raccourcies — Véronique Cohu 2018
Le trou des parpaillots — Michel Pontoire — 2018
Ruptures — Madeleine Zimmermann-Munsch — 2018
Le 4x4 — Mireille Maquoi — 2018
Compte à rebours pour Monsieur X — Jacques Papin — 2018
L'or du sphinx — Gérard Poteau — 2018
Treize en Amérique — Patrick Morel — 2018

Un puissant murmure — Suzanne Max — 2018
Le monde selon Flambeau — Claude Dantan — 2018
La cage — Michel Beuvens — 2018
À la frontière — Cendrine Bertani — 2018
36 chandelles — Alain Fontaine — 2018
Des nouvelles de la mer — Guillaume Lefebvre — 2018
Une semaine entre deux dimanches — Philippe Lebeau — 2018
Le chemin de traverse — Elsa Bariau — 2018
Les pleurs du corbeau — Michel Dessaigne — 2018
L'enfant de minuit — Emmanuel de Toma — 2018
Le démon de la cinquantaine — Rémy Lasource — 2019
Ne m'attends pas, mange pendant que c'est chaud — Pierre Morvil-liers — 2019
La mort de l'albatros — Chantal Vidil — 2019
Du Blues dans la nuit — Daniel Angot — 2019
Oscar, Gustave et L'Urinoir — Isabelle Richard — 2019
Belle de vie — Sarah Poulain — 2019
Jean-Christophe et cætera… — Michel J. Clerc - 2019
L'Amour sur le vif — Valéry G. Coquant — 2019
L'été prochain sous les sycomores — Marie Allain — 2019
Le temps du trajet — Philippe Lebeau — 2019
Babylove — Mireille Maquoi — 2019
En mon âme égarée — Richard Molne — 2019
Goût d'étoile — Alfred Nasewicz — 2019
Un parfum pour l'éternité — Guy Servranckx — 2019
Juste un petit breack — Carole Meudic — 2019
Les Petits Vieux dans l'Arbre — Dominique Dejob — 2019
Les Effacements — Jean-François Dietrich — 2020
Borderline — Sarah Poulain — 2020
Sur un air d'ocarina - Pascal de Pablo - 2020
Elephant Murder — Michel Dessaigne — 2020
Le facteur de la mort — Bernard Loesel — 2020
Le jeu des astres — Céline Heydel — 2020
Gens de la Gravelle — Michel Pontoire — 2020
Retour à La Paz — Jean-Luc Emmanuel Chassard — 2020
Marcel et le Cadre Noir — Jacques Papin — 2020
Beau, beau et pas con - Daniel Angot — 2020
Désirs toxiques — Bernard Loesel — 2020
Sur le fil — Dominique Dejob — 2020
Fuir encore — Patricia Roumy — 2020
Finitude, ou Marie le temps s'en va — Catherine Pellié — 2020

Cet ouvrage a été mis en page par Ex Æquo

Michèle Labidoire

Élisabeth a disparu

Roman

ISBN : 979-10-388-0071-7
Collection : Blanche
ISSN : 2416-4259
Dépôt légal : février 2021

Éditions Ex Æquo
6 Rue des Sybilles
88370 Plombières les Bains
www.editions-exaequo.com

Ce livre a été imprimé
en France par ICN

Zone Industrielle des Saligues
98, rue Louis Rabier
64300 Orthez

05 59 69 77 80
icn@imprimerie-icn.fr

ORIGINE FRANCE GARANTIE

IMPRIM'VERT

BVCert. 6374991